충만한 허기

충만한 허기

윤진상 장편소설

서문

나는 내 안의 나를 찾아가기로 했다
그길은 멀고 또 험난해서 악전고투의 역정이었다.
그랬으나 마음의 성문城門을 열지 못해
내안의 나를 만나지 못했다.

CONTENTS

가슴속의 그 무지개 _ 6
그 남자의 눈물 _ 40
세 여자 _ 97
존재하지 않은 존재 _ 142
유토피아를 찾아서 _ 179
아내의 편 _ 215
잃어버린 길 _ 237

가슴속의 그 무지개

#〈 〉

직장에 사표를 낸 바로 다음 날, 나는 여행을 떠나기로 했다.

여행지는 사막 쪽이었다.

그때 내 여행은 나를 한 번 시험해 보고자 하던 것에 다름 아니기도 했다.

시험이란 것이 또 그랬다. 어쩌면 이날 것 헉헉거리며 살아 온 내 삶에 대한 검정(檢定)의 다른 이름은 아닐런지 모를 노릇이었으니 말이다.

하여간 이유라면 맹탕 그것이었다.

내가 가고자 하던 여행지는 사막이지만 처음 신장 위구르 쪽 훈자마을로 갈까 하다 방향이 그렇게 되었던 것이다.

무엇보다 사막은 광활하다는 것, 그래서 사람 하나 얼씬하지 않는 넓은 사막을 혼자 터벅터벅 걸으면서 이것저것 생각하는 여유를 좀 갖고자 하던 것이었다. 그러다 한가함도 만나게 되는 때면 더할 나위 없으리라는 생각이었다.

내 생활에서 낯설도록 그리운 그 한가함을 만난다면 허리끈 풀어 무장 해제하고 잡담이라도 실컷하며 오랜만에 철없던 그 시절 친구와 어울려 골목길에서 조잘거렸던 그런 천진했던 시간마저 가져 보지 않겠나 하던 것이 내 남아 있던 마지막 소망이기도 한 것이었으니까.

지금까지 하루도 여유라고는 없이 전쟁을 벌이 듯했던 삶에서 단 며칠간이나마 해방되는 방법이 달리 있지 않던 터라 궁여지책으로 생각한 게 그렇게 되었다. 그런 것 말고는 혼자 사막을 가다 혹시나 모를 일로 예기치 못한 어떤 돌발 사태가 발생, 위기가 닥치게 되고 그럴 때 대응해서 임기응변을 발휘해 어떻게 대처하는가를 한번 보자던 것이 이유 아닌 이유이기도 했다.

그렇지만 한편으로 실토하자면 나는 뭔가에 등을 떠밀려

서 쫓겨 가던 것이라 할 수밖에 없었다. 알고 보면 그건 전혀 틀린 말은 아니었다. 평소 넥타이 하나만 졸라매고 책상 앞에 앉아 곧잘 거들먹거리며 행동보다는 말로만 한 수 접고 드는 그런 치를 나는 싫어했다. 도무지 내 구미에는 맞지 않던 것이 그런 부류들의 행태였는데 이유라면 대개 그런 부류들이 한다는 소리라는 건 오로지 냉소적이지 않은 것이 없고 말끝마다 삐딱하기까지 해서 그깟 것은 갖다 버리고 싶을 만큼 넌덜이가 나게 하던 그 인텔리겐치아의 창백한 도시인 근성에 대한 반감에 가까운 알레르기를 갖고 있기도 하던 결과라 하겠다.

그랬다. 창백한 도시인 근성, 그건 얄팍한 위선이기도 하던 것이었다. 내가 가장 싫어하던 것은 그런 이중적인 위선이었다. 그래서 하는 말이라면 그 반감의 실증적 대응은 행동주의라고 주장하던 것이 평소 내 지론이던 지라 이번 기회로 사막을 근사하게 완주해서 딴에는 나대로 근력이며 땀에 대한 의지, 그리고 정직한 고행을 통한 체험 등을 보이며 기염을 한번 과시하겠노라는 의도 또한 거기에서 배제할 수는 없었.

사실 구실은 그런 것 말고도 한둘이 아니었다. 뭐라고 할까. 지치도록 한심하던 것은 말할 것도 없고 특별한 날 없이 그날이 그날로 이어지면서 다람쥐 쳇바퀴처럼 반복되는 이

빤한 생활에서 쌓여가던 스트레스며 그로 인해 해소되지 않은 권태감을 비롯한 무력감까지 과감하게 털어내 청산하는 계기로 삼자는 계획도 암묵적으로 숨겨져 있던 것이라 할 수 있었다. 그럴 수밖에 없던 것이 자신에게 마저 수고했다는 말 한마디를 할 수 없을 만큼 지친 영혼으로 비틀거리던 것이 그 때 내 정신 상황이었으니 말이다.

병든 영혼의 갈망, 삶에서 갈구하던 해방감, 어디에도 보이지 않는 요원한 이 삶의 해방구.

이 뿐이랴. 그러면서도 손에 쥘 것이라고는 아무 것도 없는 그 상실감, 무엇 하나 정녕 찾을 길조차 없는 현실하며 나를 절망케 하지 않던 것이 없는 거기에 나는 이미 병든 짐승처럼 비틀거렸던 것이었다.

사실 그렇지 않겠는가. 무미건조하게 이어지는 나날의 반복된 생활에서 탄력마저 잃은 채 눅눅하기 그지없는 것은 말할 것도 없고 그러면서 전쟁판이나 다름없는 이 치열한 삶이라는 현장에서 기실 진절머리 나기도 했는데 그것을 고립무원의 땅, 불모지라고 하는 그런 황무지 사막에다 방기하면 어떻게 될까 하는 이상한 충동이 호기심과 더불어 나를 들썩이게 한 결과가 그렇게 되었던 것이라 하겠다.

그러니까, 내 존재의 저편에서 삶은 언제나 충족되지 않은 공허감으로 야죽거려서 나를 늘 허전하게 하던 그 야수나 다를 것이 없었다. 그래서 그런 야수까지 그 사막에다 폐기처분하고자 하던 것이 당초 계획이었다.

그리고 또 다른 것이라면 그 언제부터인가 가슴 한 편에 떠 있던 어떤 것이었다. 그건 가슴을 설레게 하는 무엇이기도 했지만 막연하면서 가슴을 설레게 하는 무언가이기도 했다.

그렇지만 뭐라고 할 수 없지만 존재하는 것만 같은 그것, 그래서 스스로 이름 붙였던 것이 무지개였다. 사막 저편 언덕 너머에서 잠들지 않고 손짓하며 부르고 있는 것만 같은 그 무지개, 눅눅한 삶에서 가끔은 활력을 불러오게 하던 그 이상한 힘을 가진 무엇으로 나를 설레게 하던 알 수 없는 것의 정체. 그리하여 그것을 무지개라 단정할 수밖에 없었던 것이다.

잡을 수도 확인할 수도 없는 그러나 나의 가슴을 설레게 하던 그 정체를 무지개라 했으니, 이참에 그 무지개도 찾아보자던 것이었다.

삶은 피할 수도 없거니와 이길 수도 없는 대상이지 않겠는가. 그렇지만 그 삶에 나는 비굴하게 질질 끌려가지는 않겠다는 오기로 버티던 끝에 급기야 반기를 들게 되면서 방패로 삼기로 했던 것이 또 그 무지개이기도 했다. 결국 그 오기에 나를 걸기로 했던 것이다.

그랬다. 내 그런 행동이 앞뒤 없이 단순한 생각으로 획책한 것 같지만 결코 그렇지 않았다.

삶의 사생아나 다름없는 그 처치 곤란한 공허감을 사막에다 폐기처분하는 때면 무엇보다 홀가분하리라고 생각되기도 했다. 혹시 모를 일로, 긴장과 탄력을 잃고 허둥대던 삶을 재충전하는 계기가 되지 않을까 하는 엉뚱한 기대에 솔깃했던 것도 사실이었다. 그 같은 호기심과 충동이 짓궂었던지는 나도 모를 노릇이기는 했다.

하여간 그렇게 해서 거기서 허우적거리며 버둥대는 내 삶의 행태, 그 꼬락서니를 철저하게 타인의 눈으로 지켜보는 때면 어떨까, 재미있을 지도 모른다는 생각은 나로 하여금 조바심마저 일게 하여 나서게 된 것이 이번 여행이었다.

그랬는데 내 여행에는 돌아오는 길이 있지 않다는 것을 어렴풋이 예감하던 바여서 뭐라 자신할 수 없었다. 자신할 수 없는 그것에 대한 내 변명은 그곳에서 마주할 나 자신에게 따로 물어볼 말이 있다고 우겨 들었던 것이다. 그 말을 나는 사막의 외진 곳에서 단출하게 내 자신을 붙들고 한 번 진실로 물어볼 참이었다.

너는 네 자신에 만족하느냐?

나는 상상할 수 있었다. 그 질문 앞에서 분명히 쩔쩔매리라는 것을 말이다. 좀 잔인하겠지만 내 인생을 검정하자면 어쩔 수 없는 일이기도 했다. 만약 쩔쩔매기보다 내가 상상하지 못한 답변을 하는 때면 이번에는 내 쪽에서 감당해야 하지 않겠는가. 하지만 내 상상은 완고했다. 어차피 이 세상 인간살이가 다 그렇고 그런 피 터지는 싸움판에 다름 아니지 않겠는가. 그렇더라도 내 각오는 거기서 물러 설 수는 없었다.

그런데 따지고 보면 그건 또 사람이면 누구나가 갖는 본연의 어떤 말은 아닐지 모를 일이기도 했지만 아무튼 나는 그 질문을 하는 좋은 기회를 거기로 삼기로 했다.

삶을 통해 늘 공허하던 그 허기를 치유하기 위해 내가 투자할 것은 아무 것도 없었다. 그래서 출발하기에 앞서 모험이라는 이름으로 이 여행을 포장한 것도 그 같은 이유를 은폐하기 위해서였던 것이다. 나는 명실상부 모험을 즐기고자 한다며 허풍을 떨기도 했다.

모험이란 삶을 통해서 가장 가치 있고 호기로운 노릇이 아닐는지 모른다는 엉뚱한 기대감에 조금은 들뜨고 부풀었던 것도 부인할 수는 없었다.

일단 그렇게 해서 출발한 것이 이번 여행이었다. 그리고 내 가슴에는 누구도 엿볼 수 없는 삶의 기도문까지 꼬깃꼬깃 꾸겨서 간직한 다음이었다.

나는 배낭 하나에 스프링 백, 간단한 등산복, 그리고 운동화 한 컬레와 양말 등을 챙긴 다음 지도와 나침반을 준비했다. 또 여분으로 육분의까지 챙기기는 했지만 준비는 그리 복잡하지 않았다.

나는 나를 사막 한 가운데다 미아처럼 버려두기로 작심했지만 그걸 눈치 채지 못하고 덜렁 따라 나서던 것이라 내심 작약했던 것은 비밀로 붙여 두기로 했던 것이다.

너, 한 번 오지게 당해 봐라, 하는. 그건 나를 향해 내가 한 소리여서 다른 누구도 엿들은 사람은 있지 않았다.

사실 그 같은 내 계획은 오래 전서부터 해온 것으로 그럴 때마다 혼자 한 번씩 피씩, 웃기만 해서 지금까지 미루어 왔는데 이번에야 마땅한 기회라 생각하고 실행하게 되었다는 것은 고백 아닌 고백이다.

출발하기에 앞서 나는 내 자신으로부터 철저하게 방관자가 되기로 단단히 일러두기까지 했다. 그리고 떠나기로 했다.

지친 삶에서 비롯된 그 진절머리 나는 생활의 권태, 탄력을 잃은 무미건조하게 이어지던 하루하루, 그걸 동반하고 살아가기에 삶은 그렇게 한가롭지도 않았거니와 또 여유롭지도 않았다. 그러다 보니 내 자신에 실망하게 되었고 좌표마저 잃은 허수아비로 빈 들판만 지키고 섰던 꼴이지 않았던가.

삶이란 정말 살아 볼만한 가치가 있는 것인가 하는, 이 나이가 되도록 그런 알 수 없는 숙제 앞에 세워져 서성거리기만 할뿐 이날 껏 헤어나질 못하고 있던 자신을 더불고 이참에 시험해 보고자 단단히 작심했던 것은 내 쪽이었다. 그래서 삶을 실험하면서 삶에 대한 숙제를 푸는 것이 이번 여행의 목적이라 할 수 있다.

허덕이다 보면 내 시간 하나 없이 지나간 하루가 따분하기는 왜 그렇게 따분하던지. 잠자리에 들어서야 되돌아보면 어느 것 하나도 만족할 수 없었지만 되돌릴 수 없는 스크린처럼 그저 후딱 지나쳐 가 버린 하루였다는 것만 알 수 있을 뿐이던 그 많은 나날들. 그래서 번번이 내일은 좀 새로워질 수 있을까 했지만 그 역시 마냥 글쎄 올시다 였을 뿐이었으니까.

그렇다면 나는 무엇인가.

만족과는 거리가 멀기만 하면서 전쟁이나 다름없는 하루라는 매일. 그 내일도 오늘의 복사판일 수밖에 없다는 사실로 점점 무기력해져 가는 생활. 그 나날에서의 탄력을 잃은 채 흐느적거리는 타성. 결국 무엇한테 삶을 빼앗긴 것이나 다름없는 허수아비에 지나지 않은 것만 같은 내 자신.

무너지던 것은 가슴이었다.

그 답을 어디서 찾을 것인가. 그러면서 거듭 그 답을 찾아야겠다고 하던 지난 나날들. 그랬지만 살면서 보아도 늘 빈손이지 않았는가.

빈손으로 살아야 하는 인간. 나는 늘 그런 인간일 수밖에 없었다.

왜, 무엇 때문이었는가. 열심히 사느라고 아등바등한 것은 어떻게 되었더란 말인가.

인간이란 정말 그런 허무한 존재인가.

그러던 끝에 내가 자행한 것이 사표였다. 말하자면 거기가 내가 사표를 내고 떠나기로 한 이번 여행의 시발이기도 하다.

생활에 지쳐서 내심 비실거리는 나를 눈치 없이 힐끔거리기만 하던 그 정체 모를 삶의 허기, 삶의 다른 영토 같기도 한 그 허기를 나는 감당할 수가 없었다. 그리하여 나는 그 같은 실험을 통해 삶의 허기마저 폐기처분하려 했던 것이다. 사실 그렇게 해서 내 안의 나를 찾아 나선 걸음이기도 했다.

#〈 〉

사막은 생각했던 대로 모래와 햇볕과 바람뿐인 곳이었다. 그렇지만 단순하지는 않았다.

건조한 날씨에 낮이면 40도에 가깝게 올랐던 기온이 밤이면 10도 이하로 내려가는 곳이 사막이었다. 변덕이 상시로 자행되는 곳이기도 했다.

사막의 바람은 부질없기도 했지만 또 변덕스럽기도 했다.

나는 혼자였다. 나를 동행하던 것은 눈물 나도록 가련한 내 그림자였다.

걷고…, 또 걷고…, 나는 혼자 걷고……, 걸었다.

사람들은 고통을 참고 인내를 감내하며 이 사막 모래 길을 왜 걸었던 것일까. 만약 그 답이 있다면 자신의 삶에서 찾아야 하는지도 모를 일이었다.

그렇다. 열병 같기도 한 삶의 그 무엇. 결국 그 열병 때문에 다들 이 길을 걸었던지 모른다.

나는 우주에서 지금 막 떨어져 이 길을 가고 있는 기분이었다. 그런 나를 호위하고 훈수하던 것은 고독이었다. 그렇더라도 이 길에서 나는 내 인생의 새로운 것을 만날 수 있을까. 그건 의문이지 않을 수 없었다. 떠날 때 사막에서 혼자 걸을 때면 밤하늘의 별만큼이나 많은 생각들이 쏟아질 것으로 여겼는데 아니었다.

사막은 생각하는 곳이 아니라 오로지 걷는 곳이었다. 나는 그걸 알지 못했던 것이다.

물 한 방울 없는 곳이 사막이기도 했다.

사막에는 생각하던 것과는 달리 따로 길이 있지도 않았다. 그래서 없는 길을 찾아서 그냥 걷는 수밖에 없었다. 그것이 사막에서 걷는 유일한 방법이었다.

숨 막히고, 땀 흐르고, 외롭고, 고독한, 그러면서 바닥 모를 정적이 깊은 잠에 빠져 있는 곳이었다.

어쩌면 그런 것이 매력이리라고 생각했던 한 때의 그 낭만, 그건 과오였다.

실제 사막은 낭만과는 거리가 멀었다. 살벌한 생존의 투쟁이 깔려 있는 것도 사막이었다.

떠나올 때 나는 이 사막에서 절대로 한숨을 내쉬지 않으리라고 다짐했는데 나도 모르는 사이 한숨이 절로 나오던 것이었다. 어쩔 수가 없었다.

내가 사막 가운데서 이 오지리(奧池璃)사막을 택한 것은 그리 알려지지 않은 곳으로 지도에서 찾게 되었는데 단지 유명하지 않아 소박할 것이라는 단순한 이유 때문이었다.

그랬지만 사막은 역시 사막이었다. 그저 말로만 듣던 것과는 완전 딴판이었다.

넓고 광활한 모래벌판, 새 소리, 사람 소리 하나 들리지 않는 그저 광대무변한 모래 천지. 풀 한 포기며 나무 한 그루 없는 곳, 그야말로 불모의 땅, 황무지. 그것이 사막이었다,

산이라도 있으면 바라보고 걸을 테지만 그림자도 보이지 않았고 끝없이 아득한 지평선으로만 둘러서 있을 뿐이었다. 그래서 이 사막에서 생존이 가능할 수 있을까 하는 의문이 고개를 들던 것은 어쩔 수 없었지만 나를 당황하게 하던 것은 또 다른 것이었다. 스멀스멀한 공포였다.

공포는 나를 힐끔거렸다. 그건 생각하지 못한 위기였다. 모래벌판에 도사리고 있는 공포. 그것은 간과할 수 없는 것이기도 했다.

산이 보이지 않아 방향 가늠이 되질 않았다. 그래서 해를 중심으로 방향을 잡고 걷는 수밖에 없었다.

이 길을 걷는 것에 대한 설명을 해야 한다면 역시 내 삶에서 찾아야 할지 모를 일이었다. 그랬지만 사막에 들어서고 보니 나도 모르는 사이 지금까지 살아 온 내 자신이 긴장되며 뭔가 송두리째 바뀌는 것을 깨닫게 되었다.

나는 거기서 내 모든 것을 수정당하는 인간이 되어야 했다.

그렇다면 사막은 변함이 없는데 내 인생만 변화무상했던 것은 아니겠는가. 그건 충격이기도 했지만 부끄러운 일이기도 했다. 은밀히 하는 말이라면 나는 나를 여기까지 데려오느라 몇 번을 속였던지 모른다.

이런 말도 하게 되었던 것이다. 이 사막 저쪽에서 만나게 될 나는 어떤 모습인지 상상해 보았느냐고. 그렇게 나 자신을 얼렀다. 그렇게 해서 거기까지 가자고 한 끝에 나선 걸음이었다.

속임수는 진실보다 훨씬 폭넓게 활용되어 통쾌했다. 그래서 사실보다 거짓이 더 중요하는지 모를 일이었다. 진실이 숨을 죽이고 기를 못 쓰는 세상에서 판을 치던 것은 거짓이고 허위이고 날조된 조작이지 않았겠는가. 이 시대 사람들은 그것을 대안적 진실이라고 까지 했다.

내 속임수며 거짓말도 거기에 포함할 수 있었다.

그래서 진실이 사라진 자리에 나타난 대안적 진실까지, 그것들이 횡행하는 이유를 조금은 알 것도 같았다. 알 것도 같으면서 절감하던 것은 속아 주는 야비함도 공존하던 것이라는 사실도 알게 되었던 것이다.

이따금씩 어디선가 불어오는 바람이 없던 것은 아니었지만 숨 막히게 하던 것은 더위였다. 사막의 더위는 정말 알아줄만 했다.

더위는 따가운 햇볕과 건조한 날씨에서 생겨난 사생아였다. 강렬한 햇볕을 받은 모래는 한낮이 되면서 지글지글하며 열기를 토해 내는 것으로 존재를 과시하려 들었다.

사람도, 인가도 보이지 않는 막막한 곳으로, 내 시계(視界)

는 줄곧 텅 비어 있었기만 했는데 사막은 그런 곳이었다. 그래서 어쩌면 누구의 간섭도 받지 않는 것은 물론 어떤 속박이며 구속도 없는 철저하게 방임된 자유 지역이라는 것에는 감탄하지 않을 수 없었다.

거기 사막은 정말 감탄할만했다. 사막을 사막으로 둔 것도 그런 이유 때문이 아니었는지 모를 일이다. 얼마지 않아 나는 그런 자유방임적인 분위기가 좋았다. 그때는 사막이라는 환경에 조금은 적응했다는 뜻인지 몰랐다.

해를 바라보며 하염없이 걷는 길, 색다른 경험이던 것은 사실이었다. 하지만 사막에는 그런 자유방임적인 자유가 무한정으로 방치 있던 것만은 아니었다. 거기에는 누구도 침범할 수 없는 알지 못하는 어떤 것이 있기도 했다. 그것은 당장 뭐라고 밀할 수는 없지만 뭔가 오감으로 느껴져 오던 그런 무언가라 할 수 있었다.

모래를 밟을 때마다 나는 사각거리는 소리, 마치 이명 같기도 하면서 아닌 것 같기도 한 그런 무엇, 이 사막에서 그건 결코 누구의 희망사항만은 아닐 테지만 누구도 간섭하지 못하는 치외법권 지대처럼 절대 허용치로 존재하던 무엇이기도 했다.

그 외에는 무거운 정적이었다. 거기에 터줏대감 같이 지키고 있는 정적으로 누구도 움직일 수가 없었다. 그런 정적으로 해서 나는 다소 위축된 기분이었고 위엄을 느끼기도 했다. 그래서 당황하기도 했던 것이다. 그러면서 언밸런스이면서 모든 것으로부터 해체된 것만 같은 느슨함은 또 다른 무엇이라 할 수 있었다. 그런 느슨함은 사람을 이상하게 하기도 하던 것이었다.

하여간 그럴 줄은 몰랐다고 하는 것이 맞을 테지만 예기치 못한 상황이라 이때는 어째야 좋을지를 몰랐다. 그것은 경험하지 못한 현실이었기 때문이다. 마치 중력으로부터 떨어져 나온 것 같은 기분이 그런 것은 아닐지 모를 일이었다.

느슨함, 무중력 상태 같은 흐느적거림, 탄력을 잃은 걸음은 자칫 비틀거리게 했다. 그건 모두 누구의 간섭이며 규제를 받지 않는다는 것에서 오는 것들이라 할 수 있었다.

사막은 분명 지구의 한 부분이면서도 지금까지 내가 살아왔던 지구와는 전혀 다른 별 개의 곳인 것만은 사실이었다.

사막은 그렇게 불가해했다. 나를 처음 당황케하던 것이라면 그것이라 할 수 있었다.

나는 내 삶을 이 사막으로 나르는 짐꾼에 지나지 않던 터라 모든 것을 그냥 멀거니 보고만 있을 수밖에 없는 처지였다. 그럴 수 밖에 없던 것이 떠나 올 때 했던 다짐으로 철저하게 방관자의 입장을 견지하기로 했기 때문이다. 그래서 어떤 경우든 타인의 눈으로 보고만 있고자 했던 다짐이 그것이었다.

내 삶은, 여기서는 내가 나 자신을 간수할 수 없는 노릇이라는 말은 변명이 되지 못했다. 그러나 그걸 알지 못했던 나는 내 삶과 이미 그렇게 계약했으니 어쩔 수가 없었다. 당황함은 어디까지나 당황함일 뿐이었으니까.

사막에서의 생존법이란 그저 단순해야 한다는 것. 이것을 처음으로 알게 되었지만 짐짓 명료하다는 것도 새삼 알게 된 사실이었다. 삶의 군더더기 따위는 필요하지 않았다.

시간이 지나면서 사막은 아무리 해도 내게 도무지 익숙할 수 없는 세계였다. 뭐 하나 익숙한 것이라고는 있지 않은 세계가 그곳 사막이었기 때문이다.

길부터 그랬다. 사막에는 길이 있지 않았다. 걸어가야 길이 되었다.

사막에서 길손의 발이 되어 준다는 낙타를 이용하지 않은 것은 지극히 혼자여야 한다는 단순한 이유로 인함인데 지금으로써는 결코 잘한 짓이었다고 할 수 없는 처사라 뒤늦은 후회가 되지 않던 것은 아니었다.

그런 것은 전부 사막을 제대로 알지 못한 오류에서 시작되었다. 누구나 출입이 가능하지만 누구도 함부로 발을 들여 놓을 수 없는 곳이라는 것을 알지 못한 사실도 뒤늦게 깨달았다.

수시로 바람이 휘젓는 모래, 모래로 해서 말하고 모래로 잠드는 곳이 사막이었다.

혼자서 걷자니 시간은 지루했다. 집을 나오면서 따라온 여러 가지 생각들도 거기서는 행방을 알 수 없었다.

길은 분명하지 않았다. 없는 길을 있는 것처럼 그냥 걸을 수밖에 없었다. 걷는 때면 어디든 길이 되었다. 처음에는 있었겠지만 지워져서 존재하지 않은 것이라 이해하기로 했다. 없었지만 걷다 보니 곧 길이 되던 것은 신기하면서 한편으로 작은 위안이 되기도 했다.

그 길은 쉽게 지워졌지만 또 쉽게 생겨나기도 하리라. 그렇게 단순 명료한 것이 사막이었다.

나는 집을 나서면서 동반했던 생각들을 앞세우고 그저 어거지로 걷기로 했다. 그것이 그때 내 스케줄이기도 했다.

사막에 있는 것은 모래와 침묵과 정적만은 아니었다. 내 고독도 거기에 포함되던 것으로 말이다. 그 다음에 나를 힐끔거리던 것은 낯선 공포였다. 어디선가 달려온 공포는 줄곧 그렇게 나를 힐끔거리던 것이었다. 예기치 못한 공포라 당황할 수밖에 없었다.

그런 출처 불명의 공포는 삶의 외진 곳으로부터 기어 나온 사생아 같은 놈은 아닐지 모를 노릇이었다.

하여간 그 공포는 내 삶의 동반자는 아니던 것이 분명했다.

나는 놈의 면상이라도 한번 보려했지만 놈은 교활해서 볼 수가 없었다. 놈은 아마 내가 혼자라는 약점을 알아보고 그러던지 모른다. 그래서 나는 준비하지는 않았지만 강한 모습을 보이기로 했다.

저만치에서 나를 힐끔거리는 그 공포, 놈은 나를 놓치지 않으려고 악을 쓰며 따라붙었다.

영악한 것으로 말하면 인간만한 것이 있을까. 영악함을 앞세워 공포를 이기고자 했다.

그러고 보니 인간의 행동이 모순적이라는 걸 알게 되었다. 인간은 모순적 존재였다. 내 변명의 빌미는 그렇게 교활하기도 했다.

인간이라는 존재가 모순적이라는 것은 자타가 공인하던 사항이기도 했으니까. 삶에 애착이 없다면서 공포를 느낀다는 것은 그 반증이지 않겠는가. 삶의 애착이 없는 곳에 놈은 다가들지 않을 터이니 말이다. 공포에게 허점을 보인 것도 인간이라 하지 않을 수 없었다. 뭔가 내가 허점을 보였다는 것.

결과적으로 놈에게 틈을 보였다는 것은 내 자신이 뭔가 이중적이고 모순적이었다는 것이다. 입으로는 연신 삶이 어쩌고 하면서 짐짓 공포를 불러 들일만큼 잠재적인 허점이 탄로났기 때문이지 않겠는가. 그건 누가 뭐라 해도 이중적이고 위선적인 평소의 내 행동 탓이라 할 수밖에 없었다.

　죽음 앞에서도 공포심 정도에는 의연하겠다는 소신이 말짱 헛된 것으로 드러나 거짓말이 되고 말았다. 그것을 비록 본능이라 하더라도 모순이 아니라 하지 않을 수 없는 노릇이었다.

　인간이 모순적인 존재이던 것은 그런 것만이 아니었다. 지금까지 살아왔던 도시에서 걸핏하면 쏟아내던 온갖 불평들을 생각하는 때면 정말 구제불능이라는 말도 틀리지는 않았다. 그것이 내 인간이었다.

　아침저녁 출퇴근길에 차가 많아 길이 막힌다고 투덜거렸으며 만원 버스나 지하철에 사람이 너무 많아 붐빈다고 못마땅해 하던 불평도 거기에서 빼놓을 수 없는 항목이었다. 심지어 소음이 심해 창문을 열어놓을 수 없다느니 분진으로 숨쉬기가 힘들다고 투덜대던 불평불만이 어디 하루 이틀이었는가 말이다. 그렇지만 차도 없고 사람도 없으며 그래서 소음이며 분진 따위는 구경할래야 할 수 없는 이 사막에서는 오히려 그런 것이 아쉽고 그리운 것을 어쩌겠는가.

그런 것을 다 열거하자면 내 인간의 구차함이란 이루 말할 수 없었다. 부끄럽고 창피할 노릇이기도 했다.

이 사막 한복판에서는 그런 것을 떠올려 그립고 아쉽다고 하는 지금의 이 태도. 변명할 여지가 있지 않았다.

나는 인간의 비루한 일면을 숨길 수 없다는 것도 알게 되었다.

친구와 어울려 어두운 골목길을 걸으며 몇 잔 술에 감겨서 흥얼거리고 비틀거리던 도시의 밤도 이 사막에서는 상상할 수 없었다. 그렇다고 사막이 아주 삭막하던 것은 아니었다.

사막에는 자연의 아름다움이 고스란히 간직되어 있었다. 오염되지 않은 공기며 지구의 순수한 혈통이 그대로 보존돼 있는 곳이기도 하던 것이었다.

여기서는 함께 흥얼거릴 친구도 없다. 취객이 지르는 고함도, 만취된 취객의 토사물도 있지 않았다. 그랬지만 그런 것조차 그리워지던 것은 무엇 때문일까.

그렇다. 그때는 몰랐던 그 소중함들. 함께 취해서 비틀거리던 친구가 아쉬웠고 함께 마시던 몇 잔 술도 더 없이 아쉬웠던 것이다.

등에서 땀이 흐르고 갈증이 시작되면서 시원한 아이스크림 한 입이 이렇게 간절할 줄 몰랐다는 하소연을 어디서 한단 말인가. 도시에서라면 손쉽게 해결할 문제가 여기서는 한없이 간절하기만 할 뿐이었다. 간절함은 바랄 수 없는 꿈이나 마찬가지였다.

떠나보아야 알게 된다는 것. 내게서 소중한 것들이 돌아가는 날까지 소중하게 있기를 빌고 싶었다.

사막의 고통을 잊기 위해 도시를 상상하던 것도 어쩌면 인간의 모순이 저지르는 것인지 모를 노릇이었다.

햇볕에 시달린 그림자를 내려다보며 나는 터벅터벅 걷고 있었다. 그림자를 따라 걸었지만 그림자 역시 나를 따라 걷고 있었다.

나는 그런 그림자를 위로하고 싶었다. 그러나 마땅한 말도 방법도 있지 않았다. 떠나온 도시에서부터 용캐 알고 나를 따라 여기까지 온 그림자가 그렇게 대견할 수가 없었다.

나는 그림자에게, 사막은 가는 것이 아니라 걷는 것이라는 사실을 말해야 할 것 같았다. 그래서 한 발자국, 한 발자국씩 발걸음을 옮기며 앞으로 나아가고 있는 동작, 그 행위, 그리고 침묵.

나는 그림자와 어깨동무라도 하고 싶었다.

혹간 이 길을 걸으며 자기수양이라는 핑계를 갖다 붙이는 사람도 없지 않으리라. 하지만 이 길은 결코 그렇지는 않았다. 막연해지는 생각이 앞을 가로막던 것이 특이할 뿐이었다. 그 막연함은 매우 완고 하던 것이었다.

그러다 하늘을 올려다보고 손으로 부채질을 하게 되었다.

이 길을 산을 오르는 사람에 견줄 수 있을까. 산을 오르는 사람은 땀만 흘리던 게 아니었다. 오직 자신과의 대결 끝에 얻어지는 희열감을 수확으로 생각하던 것이었다. 투자는 고독이었다. 그 과정을 통해 자신에 대한 신뢰와 재발견, 그것이었다.

내 여행은 내 삶의 재발견 때문에 나섰던 것이기도 했다. 하지만 나는 아직 그 답을 발견하지 못했던 것이다.

그리고 보면 지금까지 내 인생은 뭔가 결핍된 채 덧없이 흘러가던 것이 아니겠는가. 아직 한 번도 나를 재발견하지 못한 것은 말할 것도 없고 확인하지도 못했던 것 같다. 그리하여 때로는 나를 향해 알 것 같으면서 모를 것도 같은 선문답을 하던 것이 나 자신이었지 않았겠는가.

나는 걸음을 멈추고 숨을 한 번 돌리게 되었다.

이 길이 앞으로 어떻게 될지 나는 알지 못했다. 지금으로써는 나는 실험이라는 무거운 짐을 짊어진 짐꾼에 지나지 않았으니 말이다. 그리하여 지금은 내 삶의 주인은 내가 아니라고 우기던 판세였으니까.

어제 오늘 일은 아니지만 나는 내가 누구인지 알지 못했다. 인간이라는 허울 속에 숨겨져 있는 나를 여태 꺼내 보지 못했기 때문이었다.

내가 이 세상으로 오면서부터 세상은 내 삶의 실험장이었다는 것을 나는 알지 못했던 것이다. 지금껏 그걸 알지 못한 채 거들먹거리기만 했던 것이다.

그 무엇인가의 무엇, 소중하지만 손에는 있지 않는 것, 있을 것 같으면서 없는 거기에 헛된 삶의 과욕이 입 벌린 공허로 맞서고 있었다. 그렇다면 그동안 내 삶은 길을 잃은 줄도 모르고 그런 욕심을 앞세우고 비틀거렸다는 것이지 않겠는가.

인간에게 삶은 전리품도 아니고 시혜품(施惠品)도 아니었다. 그렇지만 나는 그 잃어버린 삶을 찾아 이 사막을 헤매고 있던 것이라고 밖에 할 수 없었다.

내가 집을 떠나온 것은 어제였다.

그런데 거기까지 나를 따라왔던 것은 '인간은 무엇인가' 하는 질문이었다. 정말 끈질기기도 했다. 이 사막 한 가운데까지 나를 쫓아왔으니 말이다.

삶이란 길바닥에 떨어져 있는 물건도 아니고 상점에 진열된 상품도 아니지 않은가. 인간의 삶이란 것은 어렵고 난해

했다.

나는 막막함을 떨칠 수가 없었다. 내가 집을 나서기 전이었다.

그날, 자고 난 아침 왠지 어수선 했다. 그래서 나는 그때 막 출근 준비에 열중하다 세상이 바뀌는 것 같은 일과 마주치게 되었다.

지나고 보니 운명과도 같은 일이었다. 그것으로 해서 나는 그날 바로 사표를 내게 되었으니 말이다.

#〈 〉

비행기는 곧바로 이륙했다.

비행기에 몸을 실은 다음에도 나는 사표를 낸 것에 대해 누구에게도 변명하지 않기로 다짐했다. 후회하지 않을 것은 물론이었다.

비행기가 이륙하고서도 나는 진정하질 못하고 불안함으로 한 동안 좌불안석이기만 했다. 그래서 나는 그런 나를 달래기로 했다. 그랬지만 앞으로 어떻게 될지 모른다는 것이 그때 내 불안의 요인이기도 하여 진정하고자 안간힘을 다하고 있었다.

등받이에 고개를 맡긴 채 눈을 감고 나를 향해 조용히 말을 건넸다.

　인생은 여행이라고 하잖아. 나는 여행을 떠나고 있는 거야, 여행은 즐거워야 해! 즐기자고! 야호~!

　그랬지만 여행이라는 이름으로 포장된 이번 내 걸음에는 돌아오는 길이 준비되어 있지 않다는 것 때문인지 비장함마저 들었다. 무엇보다 그건 내 이런 모습으로 돌아올 수 없으리라는 생각에 사로잡혀 있기도 했던 것이다. 그걸 어찌 알고 있었던지 모를 일이었다.

　어쩌면 누추해진 내 꼴을 누구보다 아내에게 보이고 싶지 않았던 것은 내 자존심 때문이었다. 부부란 일심동체라 했지만 결코 일심동체는 아니었다. 아내는 내가 아니었던 것이다. 거기에 인간으로서 내 자존심이 버티고 있었던 것이라고 할까. 부부가 일심동체라고 한 그건 말짱 거짓말이고 허위였다.

　아내는 언제든지 타인이 될 수 있었다. 이혼이라는 격식이 있기 때문에 부부는 헤어질 수 있었다. 부부란 헤어지면 남남이다. 그래서 나는 아내한테 비루해진 내 꼴을 보이고 싶지 않았다. 내 인간적인 자존심이 허락하질 않았다.

　얼마간의 시간이 흐르자 어떻게 되었는지 내 기분은 급변한 기류로 엉뚱해지면서 이제 무엇이든지 할 수 있을 것 같았다. 기분이 바뀌어 쇄신되었다. 인간은 역시 기분의 동물일 런지 모를 일이었다.

그러자 나는 그런 내 자신한테 깜짝 놀라지 않을 수 없었다. 감사한 마음이기도 했다. 도대체 그 터무니없는 기분은 어디서 오던 것인지 모를 노릇이었기에 말이다.

무엇 때문에 엉뚱해졌던지 조차도 알지 못했다. 그렇지만 무엇이든 할 수 있을 것 같은 그 기분을 나는 신뢰하기로 했다. 그뿐이 아니었다. 그로해서 나는 잔뜩 고양된 기분이기도 했던 것이다.

그랬는데 나는 그날 아침 일을 잊을 수가 없었다. 문득 떠오른 그 생각. 불쑥 마주친 사내, 어디서 본 듯도 한 그 사내와 노닥거렸던 것을 생각하게 되면서 기분은 금시 평정을 잃고 말았다. 그때부터 기분은 다시 급강직하가 되었다.

나는 사내를 찬찬히 살피게 되었다. 여전히 어디서 본 듯한 그 얼굴임은 부인할 수 없었다.

자고난 아침 기분은 사내로 해서 그렇게 박살이 났던 것이다. 화장실에서 마주친 사내를 생각하는 때면 모든 기분이 그냥 싹 달라질 수밖에 없었다. 거기 화장실에 걸린 거울 속에서 뻔히 내다보고 있던 사내. 사내는 뻔히 나를 지켜보고 있었다.

그 사내가 말을 걸었던 것이 시초였다.

사내가 하던 수작이 또 밉상스럽고, 못마땅하기 짝이 없었다. 나를 보자 처음 히쭉 웃던 것이 사내의 수작이었다. 그러면서 나를 향해 빈정거리던 것이 아닌가. 그렇게 해서 사내의 수작은 기분을 있는 대로 망쳐놓던 것이었다.

내 아침 기분은 거기서 박살이 나고 말았다.

결국 그렇게 해서 나는 그날 직장에서 사표까지 쓰게 되었던 것이라 해도 전혀 틀린 말은 아니었다.

나는 또 하루가 시작 된 아침이라 양껏 고양된 기분으로 알랑해져서 콧노래까지 흥얼거리며 화장실로 갔는데 마치 거기서 기다렸다는 듯 마주친 사내.

나는 화가 있는 대로 났던 지라 처음 사내를 그냥 두지 않을 요량이었다. 하긴 내가 먼저 기분 잡칠 원인 제공을 하지 않았던 것은 아닌지 모를 일이기는 했다. 그러니까, 머리속으로부터 앞뒤 없이 불쑥 떠오른 그 생각들, 그 생각들이란 평상시에도 무슨 변명처럼 곧잘 하던 소리 중에 하나였을 뿐이었지만 그걸 사내가 엿들은 모양이었다.

에잇, 더러워서 원. 이러려고 세상을 사나,

혼잣말로 구시렁거렸던 내 넋두리.

나는 사내가 듣고 있는 줄을 알지 못했던 것이다.

초를 치던 사내한테 거기서 나는 그만 멱살이라도 잡힌 꼴이 되고 말았다. 그리하여 나는 결국 거울 속의 사내에게까지 그 말을 듣게 되었다. 가슴에 대못을 박던 것이나 다름없던 사내의 언사였다.

어디서 본 듯한 얼굴, 안면 몰수하고 들던 것이 사내였다. 그만큼 고약했다.

눈만 뜨면 한다는 소리가 그거냐? 그저 바쁘기만 하다는 인생. 그게 네 꼴이냐?

자, 엇따 봐라. 하고 나는 거울 속 사내를 노려보게 되었다. 노려보는 나와는 달리 사내는 이쪽의 비윗장 상하는 것까지도 생각하지 않는 듯했다. 그러면서 비시시 웃는 것이 아닌가.

나는 열불이 나서 참을 수가 없었다. 구미가 상하던 것은 말할 것도 없고 화는 있는 대로 나던 것이었다.

그때는 숨까지 시근거리게 되었다. 나의 그런 것은 사내한테 소용이 없었다.

뭐가 그리 바쁘냐? 인생, 사는 게 뭐라고 생각 하냐? 짜식. 이것 봐라…?

나는 한 대 맞은 기분이었다. 그래서 사내를 다시금 노려보게 되었다.

그래. 왜 태어났는지 알기나 하냐?

이거, 뭐 하자는 거야?

내 마음이 그만 덜컥 했다.

나는 참을 수가 없어 얼굴이 벌겋게 상기될 정도가 돼서 사내를 향해 주먹을 처들고야 말았다. 여차 하면 내려칠 기세였다.

넌 뭐냐?

급기야 내가 고함을 질렀다.

너, 그러다 인생 한 평생 뜬금없이 가버린다는 것은 아냐? 그러면 그 다음에는 또 무슨 소릴 할 거냐? 우물쭈물할 때 알아봤다. 뭐, 그런 소리 할 거야? 남는 게 뭐냐?

거기서 나는 그만 폭발하고 말았다.

내 인생, 뭐가 어떻다는 거야? 새끼!

네가 밤낮 한다는 소리가 그렇잖냐. 에잇, 더러워서 못해 먹겠다, 어쩌구…. 걸핏하면 행동하는 양심, 어쩌고, 그러다 보낸 한 평생, 그냥 가 버리는 거야. 그때는 뭐라고 할 건데? 무슨 답이 있냐?

사내는 사람 염장 지르는 데에 뭐가 하나 있었다.

나는 무슨 말이든 해서 한 번 오지게 앙갚음을 하고자 했지만 마음대로 되지 않았다. 어째선지 그저 말문이 막히기만 했다.

그러던 사내가 그날 아침에야 또 하던 소리였다.

그래. 네 가슴 속의 그 무지개를 어쩔 셈이냐.

그 소리에 나는 가슴이 덜컥 했다. 솔직히 소스라쳐 놀라기도 했다. 사내가 그걸 어떻게 알았을까. 그때서야 돌이켜 보고 그동안 살아 온 내 삶이 텅 비어 있다는 것도 알게 되었다.

무지개는 지금까지 막연하지만 그저 가슴을 설레게 하는 것으로 치부해 오던 것이었다. 솔직히 말하자면 그것 조차 잊고 있었다는 것이 정직한 고백일 터였다.

가슴 빈 자리를 어쩌면 그 무지개가 채워 줄지도 모른다는 생각을 위안삼아 헉헉거리며 살아왔다고 해도 과언이 아니었다.

내 삶은 내 책임이야. 그리고 그 무지개도 찾을 거라구. 두고 봐!

나는 우선 그렇게 큰 소리를 치게 되었다.

지금까지 아무런 내용도 채우지 못한 채 텅 빈 것 같은 삶. 그리고 지친 삶을 설렘으로 포장해 주던 무지개. 허둥대기만 했던 인생, 빈 쭉정이나 다름없는 삶의 공허.

나는 이 참에 무지개도 찾겠노라고 다짐했다. 그리고 나는 내 자신을 향해 소리치게 되었다.

그동안 뭘 했더란 말인가? 무지개를…, 무지개를 찾아서! 사실은 그것조차도 허황된 소리였던지 모른다.

그러다 나는 욕망을 앞세우고 내가 가는 길의 저쪽에서 마주친 것이나 다름없는 사내의 빈정거림을 인정하지 않을 수 없다는 것도 알게 되었다. 그랬지만 처음부터 그다지 달가워하지 않던 사내를 나는 반기고 싶지 않았다.

그때 사내가 다시금 말했다. 나를 향해서 였다.

넌 아무 것도 없는 그림자일 뿐이야. 허울만 인간이라는 탈을 쓴 허수아비야. 빈껍데기라니까. 너, 그걸 아느냐? 무지개도 마찬가지겠지만.

뭘 알아?

나는 버럭하게 되었다. 그런 다음 단호하게 주먹을 불끈 쥐었던 것이다.

야, 이 밥통아. 사람 사는 게 뭐 별 다른 줄 아냐? 다 그런 거야. 그리고 사람이 산다는 건 피 터지는 투쟁이라고. 이래 뵈도 눈물 나고 피 터지는 투쟁. 그 투쟁의 연속에서 난 살아남은 거라고. 뭘 알고나 그래. 사람이 사는 이 삶이라는 것, 그 하루하루를 전사처럼 살아온 내 삶은 위대한 것이야!

그랬지만 나는 분이 풀리지 않았다. 그 정도로 해서 풀릴 문제가 아니었던 것이다.

나는 숨까지 시근거리며 사내를 노려보게 되었다. 그 정도로는 분이 풀리지 않았다.

흥. 그렇다면 죽는다는 것은 아냐? 인간이란 죽으면 끝장이야. 별 것 없어.

그 말에 이번에는 가슴이 쿵, 했다.

죽으면 마지막이었다. 그렇다. 죽으면 마지막이었다. 나도 보아서 알고 있는 사실이었다.

이때 사내의 그 말이 그렇게 강한 무엇을 가지고 내려 칠 줄 알지 못했다. 그건 내 스스로 인정하지 않을 수 없었다.

나는 그만 할 말을 잃고 말았다. 그러나 죽는 것이 두려워서 그랬던 것은 물론 아니었다.

죽는 것이 결코 두렵다거나 무서운 것은 아니지만 정작 무서운 것은 죽음 뒤에 오는 허무감이었다. 죽음으로 인해 인간 존재를 먹어치우는 악마 그 이상인 허무감 말이다.

인간이 허무를 극복 할 수 있을까.

그때 비로소 나는 허무를 극복하리라고 다짐하게 되었다. 그것이 어쩌면 사내에 대한 보복이 될지 모른다는 생각까지 하게 되었다.

허무를 극복하기 위한 그 첫 걸음이 사표였다. 엉뚱하다면 엉뚱하겠지만 나는 앞뒤 없이 사표를 내기로 작심했던 것이다. 그래서 사내짓거리로 사표를 냈다고 하는 것은 전혀 틀린 것이라 할 수는 없었다. 그렇다고 그 사표에 대해 지금 후회하던 것은 아니었다.

며칠 전, 한 동료가 교통사고로 갑자기 죽은 사건이 발생했다. 그 동료의 장례식에 다녀오면서 죽음이란 것을 실감하게 됐다. 참, 열심이던 친구였는데 죽음 앞에서는 아무런 맥을 쓰지 못하고 삶을 무장해제당한 꼴이던 것이었다.

하여간 그로 해서 나는 인간에게는 죽음이 그렇게 끝장이라는 것을 새삼 깨우치게 되었다.

한 줌의 재로 남겨지던 것이 종말이었다. 살아 생전 그동안 그처럼 애면글면 하던 것이며 아등바등 하던 모든 것은 간곳이 없었다. 허망했다. 그것이 인간의 마지막이었다. 지금까지 마지막을 모르고 살았는데 거기가 마지막이라니.

인간에게서 삶의 막을 내리게 하는 것이 죽음이라는 사실을 알게 되었다. 아니 삶을 통째로 빼앗아 가던 것이 죽음이었다. 죽음은 인간에게 있어 피할 수 없는 약점이기도 했다.

그런데 그것을 어떻게 알고 거울 속의 사내가 지적하던지 모를 노릇이었다.

그렇게 해서 나는 사내한테 약점을 들킨 것 같기만 하던 것이었다.

그 남자의 눈물

#〈 〉

 광활한 모래의 물결. 광대무변의 바다와 다를 것이 없는 사막.

 거기에 한 조각배로 흐느적거리며 흘러가고 있는 그림자. 내 실체는 거기에 담긴 낙엽에 다름 아닌 존재에 지나지 않는다는 사실.

 모래의 격랑이 일렁이는 그 바다에서 조각배는 난파당할 지도 모를 일이었다.

 사막은 혼자 걸어야 제 맛이라더니 이제 정말 그 맛을 톡톡히 알게 될 모양이었다.

무수한 시간의 발자국이 남겨진 모래를 밟는 기분은 단순할 수가 없었다. 거기에는 공허와 허무도 없지 않았기에 말이다.

공허와 허무 앞에서는 맥을 쓰지 못하던 것이 인간이지 않았겠는가. 그것은 적어도 인간에게 삶이란 무엇인가 하는 것이 있다는 것을 말하고자 하는 뜻이든지 모를 일이었다. 무엇일까. 사막의 그 속내라는 것은, 사막은 거기에 대한 해답은 준비하지 않았던지 아무 말도 하지 않았다.

나는 혼자 걷고 있었다.

혼자 걷는 사막 길, 인생은 길에서 시작해 길에서 끝난다고 했던가. 고대인은 사막 저 끝을 세상의 끝이라고 했다고 하지 않았던가.

고대인이 끝을 향해 걷는다면 나는 아프니까 걷는다고 할 수밖에 없었다.

그렇다. 그 아픔, 목마른 한 마리 사슴처럼 이 광야를 헤매고 있는 지금의 나는 무엇이란 말인가. 나는 무엇을 찾고자 하는가. 내가 찾고자 하는 것, 공허와 허무감과 삶의 허기에 내몰려서 이 광활한 사막 한가운데서 목마르게 찾고자 하는 그것.

어떻든 이번 내 여행을 뭉뚱그려서 말한다면 자의반(自意半) 타의반(他意半)이라고 밖에 할 수 없었다는 것이 내 쪽의 주장이다. 내 그런 억지에는 거울 속 사내의 농간이 아주 없지는 않다고 하고 싶다.

나는 거울 속의 사내에 대한 적의를 그때까지도 버릴 수가 없었다. 그래서 나는 사내를 핑계하기로 했던 것이다.

사막은 숨 막히고 험하다는 선입견의 매력을 제공하지 않던 것은 아니었다. 그래서 언제부터인가 나는 기회가 되는 때면 사막에서 강한 삶의 의지와 투지를 한 번 시험해 보고자 하던 엉뚱한 충동을 갖고 있었고, 왠지 모를 묘한 매력 또한 느끼기도 했는데 이번에 그걸 실행하게 되었던 것이다. 그리하여 돌아가는 때면 삶의 허위성을 들어 사내를 공격하기로 작심했지만 그게 또 생각대로 될는지는 모를 일이었다.

사막에서의 이번 여행은 무릇 헛된 것만은 아니라 해도 그리 틀린 말은 아니리라.

모래를 밟고 발걸음을 옮겨 놓으면서 사각거리는 모래의 언어를 듣는다는 것, 아무리 들어도 해석이 되지 않는 모래의 그 언어들, 이건 변명 같은 소리지만 삶의 숙제에 관한 한 페이지가 아니겠는가 하는 엉뚱한 생각도 거기에서 하게 되었다.

걷고 또 걷는 길, 어쩌면 끝없는 고행일지도 모를 그 길, 마치 구도자와 다를 바 없는 사막의 그 길, 고독과 더불어 삶의 쓸쓸함을 앞세우고 혼자 사막을 걷는 내 자신을 상상하는 것은 그동안 삶의 좌표를 잃고 표류하는 배처럼 흘러가던 나를 다잡을 수 있지 않을까 하는 생각도 그때서야 하게 되었던 것이다.

처음부터 나는 이 사막 길에 대해 가이드도 동반하지 않기로 하지 않았던가.

사막이라면 흔히 낙타를 타고 멀고 아득한 모래벌판을 건너는 꿈이나 낭만을 생각할 테지만 나는 그런 것은 처음부터 거부하고 거기에 자신을 던져서 나를 시험하고자 선택한 것이 이 여행의 길이었다는 것까지 자신에게 말해주게 되었던 것이다.

그건 만용이라 하더라도 어쩔 수 없었다. 그랬는데 일이 어떻게 되가는지 뜻밖에 그 남자를 만나게 되었다. 그땐 그리 나쁜 징조는 아니라고 생각했다. 사십 대 중반의 나이로 남자는 좋은 동행이 될만해 보였다.

남자를 만난 것은 거기서였다. 아니, 혼자 걷고 있는 내 처지가 안쓰러워 그림자가 돌연변이를 일으켜 둔갑한 나머지 남자로 하여금 나타나게 했는지 모를 일이다. 하여간 반가웠던 것이 사실이었다. 그런 다음 어딘가 미심쩍은 바가 없던 것도 아니었다. 특이한 점이라면 남자는 통 말이 없다는 것이다.

커다란 배낭 위에 메트리스까지 말아서 뭉친 모습은 가히 태산만 했다. 그래서 처음 뒤에서 보자니 사람은 보이지 않고 배낭만 어슬렁거리고 가는 것 같았다. 배낭을 무겁게 지고 땅만 내려다보고 혼자 걷고 있던 남자는 첫 눈에 괜찮아 보였다.

우리는 그렇다고 단박 어쩌고 하는 말도 없었다. 그냥 가까이서 한참을 보조하며 그렇게 걷다 보니 서로를 확인하게 되고 한두 마디 말을 건넨 것이 시초였으니 말이다.

함께 걷고 있는 처지라 은연 중 신뢰하게 되고 또 한두 마디 하던 끝에 그렇게 되었다. 그것이 남자와의 인연이었고 그러다 동행이 되었다.

남자와는 서로 어디에 살며, 어느 나라 사람인지 묻는 것 따위는 무언 중 생략하게 되었다. 약속은 아니지만 서로 간에 암묵적으로 약속처럼 행동하게 되었다.

가이드도 안내인이 없는 것은 남자도 마찬가지였다. 그래서 여행길에서 그나마 동반자 역할을 만났다는 것은 반가운 일이며 행운이지 않을 수 없었다. 그렇지만 남자와의 인연은 우연이었다. 우연이 아니라고 누구도 우길 수는 없는 일이었다.

　인간은 누구나 이 세상에 올 때 가이드나 안내자 없이 오지 않았겠는가. 내가 가이드를 이용하지 않기로 한 것은 혼자이고 싶다는 단순한 욕망 때문이었다. 혼자 왔기에 혼자 살아야 하고, 혼자 생각하고, 혼자 세상을 감당해야 하므로 사막도 혼자 걷겠다는 것이 당초 생각이었는데 도중에 그나마 남자를 만나게 되었던 것은 퍽이나 다행이었던 것이다.

　평행선을 가는 두 물체처럼 우리는 한동안 그렇게 걷고만 있었다. 그렇게 걷다 보니 인간은 역시 더불어 살아야 하고 그것이 지혜라는 생각도 하게 되었다. 경험으로도 세상은 혼자 왔다고 우정 우길 것만도 아니었다.

　인간에게 지혜가 있던 것은 더불어 살아야 한다는 생각이었다. 서로가 서로에 의지하며 살아야 하던 것이 인간살이였으니까 말이다. 독불장군이 없다는 말은 거기서 나온 것이지 않겠는가. 같은 방향으로 같이 걷는 것, 그건 동반자였다. 목적까지 같았으면 더할 나위가 없을 터이지만 남자와는 아직 그런 것까지는 말하지 않았다. 자세한 이야기를 나눠 보지는 못한 상태였으니 말이다.

　세상의 모든 인간은 모두 동반자이면서 또 동반자가 아니기도 한 것, 인간 특성상 어쩔 수 없는 일이기도 했다. 인간이 때로 서로간에 갈등을 유발하는 것, 그것은 이기심이지 않겠는가. 혼자 있으면 외롭고 둘이 되면 갈등하는 존재, 그것이 인간이었다.

남자의 목적이며 추구하는 이익이 같을 리는 없지만 같이 걷는다는 사실만으로 충분했다. 물론 그가 어떤 이익을 추구하든 말든 처음부터 나하고는 상관없는 일이었다. 그렇지만 인간 정신을 병들게 하는 때면 문제가 되지 않겠는가. 그런 것은 아직은 모를 일이기도 했다.

남자의 입에서는 검다, 희다, 소리 한마디 나오질 않았다. 묵묵히 걷는 것으로 보아 어느 한편으로는 믿음직하기도 했다.

걷고 또 걷는, 그래서 하염없이 걷는 우리들의 여행길에는 침묵도 동행했다. 안내는 묵묵히 따르던 말 없는 그림자가 맡았다.

나는 지금 세상을 등진 길을 걷고 있는지 모른다. 그래서 내가 걷고 있는 이 길이 내 인생 아웃사이더는 아닐까 하는 생각도 하게 되었다.

그런 내 보조를 맞춰서 따라주던 것은 그림자였다. 그림자는 기특했다. 앞장서거나 뒤처지거나 보조를 맞추며 여전히 묵묵히 뚜벅뚜벅 걷기만 했으니 말이다. 그렇게 할 수 있는 곳이며 누구도 간섭도 받지 않는 곳이 사막이었다.

속에서는 너무 많은 것이 복잡하게 출렁거렸지만 나는 입을 다물고 말하지 않았다. 남자를 잘 모르던 것으로 전혀 경계하지 않는 상대라고 할 수는 없던 것이 내 의심의 이유 때문이기도 했다.

막상 발을 들여놓고 보니 사막은 그리 간단하지 않았다. 만만하지도 않았다. 그래서 어떻게 말해야 좋지를 모를 노릇이었다. 처음 발을 들여놓으면서 직감하게 된 것이라면 나는 자신이 없다는 것이었다. 억겁의 세월을 80년 유한 관념밖에 없는 인간의 계산으로 그건 절대 불가능하다는 모순이 허용하지 않던 것으로 그랬다.

남자도 같은 사정인지 그때까지도 말이라곤 없었다.

묵묵히 걷기만 하는 두 사람, 그리고 두 개의 그림자,

남자나 나나 묵묵히 걷기만 하는데 그런 우리를 배신하지 않은 그림자도 군담 한마디 없이 따라와 주었다. 참으로 대견했다. 더욱 고맙게 생각되던 것이라면 그림자와 대화를 할 수 있는 분위기는 누구도 침범하지 않는 미덕이었다. 그 같은 미덕을 두고 생각하는 때면 화장실에서 마주쳐서 사람의 염장을 지르던 사내한테는 정말이지 어떤 복수라도 아깝지

않을 것 같았다. 사람의 가슴에 대못을 치던 것은 고사하고 염장까지 지르던 것이라 두고두고 분노는 풀리지 않았다. 그 사내라면 지금까지 따라오며 무슨 말을 했을지 모를 일이었다. 그 생각을 하는 때면 마음은 한 시도 가라앉질 않았다.

사내는 이렇게 들쑤셔 놓던 것이었다.

사람 사는 게 무엇인지 알기나 하냐?

사람이 사는 게 무엇인지 그걸 아는 사람이 있을까. 아니, 모르기 때문에 나는 지금 이 사막을 걷고 있다고 하고 싶었다. 하여튼 나는 알지 못했다.

사내의 말을 듣고 보니 그랬다. 그렇지만 몰라도 되던 것은 또 아니었다. 사람이 사람이고자 한다면 사는 것이 무엇인지 정도는 알아야 하지 않겠는가. 그렇지만 그걸 아는 사람은 있지 않았다.

왜냐하면 지금 그 시각에도 그걸 알고자 땀을 흘리며 무언가에 허덕이고 있지만 그걸 알 수 있으리라고는 자신할 수 없으니 말이다. 그런데 이날까지 산다고 살아 온 세상이었다. 세상만이 아니었다. 거기에는 허덕이면서 살아 온 내 삶이 담겨 있기도 했다. 그랬지만 정작 사는 게 무엇인지는 알지 못했던 것이었다. 그건 부끄러운 일이 아닐 수 없었다. 부끄러움만이 아니었다. 모른다는 것은 어떻게 되던 것일까. 알맹이가 빠진 허수아비에 다름 아니라는 뜻이지 않겠는가. 그렇다면 들판에서 넋을 놓고 온종일 섰는 허수아비에 다를 게 없는 인간의 삶. 그렇더라도 할 말이 있던 것도 아니었다.

어디 그 뿐이랴. 나는 누구의 자식이었고 한 가정의 가장이었으며 한 여자의 남편에다 두 아들의 아버지였다. 그것으로 만족할 수는 없었다.

나는 그렇게 살아 온 인간이었다. 그랬지만 집안에서의 내 역할과 위치를 말한다면 나는 찾을 수 없었다. 집안에서 내 자리는 있지 않았기 때문이다. 오늘까지 정작 내 자리가 어디였는지 나는 알지 못한 채 살아왔던 것이다.

나는 허수아비더란 말이지 않겠는가.

그 많은 시간을 두고도 늘 시간이 없다며 아우성인 인간들. 너도 그렇냐.

그렇다. 그건 사내의 말이 틀린 것은 아니었다.

사내의 말이 아니더라도 사람은 누구나 늘 시간에 쫓기며 부족하다고 아우성인 것이 사실이었다.

시간은 업무에도 부족했고, 휴식에도 부족했고, 잠자는 데도 부족했다. 그랬지만 시간은 결코 없어서 부족하던 것은 아니었다. 있지만 부족했다. 다만 그 시간에 쫓기고 있었을 뿐이었다. 사람은 있는데 시간이 없는 세상이었다.

왜 그토록 시간에 쫓기는지 모른다. 사느라, 일하느라, 잠 자느라, 시간은 늘 부족하던 것. 그래서 말한다면 쫓기면서 허덕였기 때문이라 할 수 있었다.

그렇다. 왜 시간이 없는가. 시간은 왜 모자라는가. 시간은 잡아 둘 수 없는 것이기 때문일까.

시간은 보관해 둘 수도 없었다. 돈처럼 저축도 되지 않았다. 원천적으로 시간은 그냥 지나쳐 가는 것일 뿐이었다. 생태적으로 시간은 인간 따위와는 타협하고자 하지 않았다.

시간이 없다니. 왜 그래? 그 많은 시간은 다 뭐 했냐? 뭐냐, 너는?

사내의 말에는 역정만 낼 수가 없었다. 그래서 화가 났지만 참을 수밖에 없었다. 사내를 향해 뭐라 할 수없던 것은 사내의 말이 전부 온당하던 것으로 반론할 수가 없었기 때문이었다.

도대체 나는 무엇인가. 그리고 누구인가.

내게서 삶이라는 것의 목마름은 무엇이며 어디서 오던 것일까. 왜 해소되지 않는 것일까. 그 책임이 누구에게 있는 것인지 나는 알지 못했다. 그런 내게 거울 속의 사내 말은 결국 가슴 한가운데 커다란 구멍을 뚫어놓던 것이었다.

초등학교를 나왔고 중·고교를 거쳐 우수한 성적으로 대

학을 마친 다음 A사(社)에 기자로 입사했던 것이 내 이력이었다. A사는 사시(社是)가 시시비비(是是非非)로 소위 비평지라, 내 신념에 부합되던 것으로 생각하고 선택하게 된 직장이었고 지금까지 나는 거기에서 근무했었다. 내가 그곳에서 기자로서 나를 완성하고자 능력껏 뛰었던 것은 사실이었다.

거기서 나는 비로소 삶의 충만감을 느끼게 되었던 것이다. 그래서 동분서주했지만 피로하지 않았고 회의도 갖지 않았다. 그런 나머지 민완 기자라는 정평을 잃지 않았으며 좌충우돌로 뛰게 되었다.

나는 행동하는 양심으로 기자의 본분에 충실하며 사회 정의를 실현하고자 했던 것이다. 그것이 내 삶의 슬로건이기도 하던 것이었으니까. 하지만 현실은 그렇지 않았다.

현실은 현실이었다. 현실 정치 세력은 내게 벽이었다. 기자를 기자로 종사하게 두질 않는 그 현실. 압력과 협박과 폭압이 도사리고 있던 것이다. 그뿐이 아니었다. 기자도 정치 현실을 인정하고 집권 세력 앞에 순응하라는 것이었다. 그건 굴종이었다.

굴종을 거부한다는 것은 사멸(死滅)을 뜻하는 것이나 다름이 없었다. 갈등은 그렇게 빚어졌던 것이다.

기자로 자신의 삶에 대한 갈등에 까지 시달려야 했지만 포기할 수 없었다. 권력과의 갈등에 시달려야 하던 것은 무서운 것이었다.

기자의 필봉을 꺾어놓으려는 세력, 기자의 입에 재갈을 물려서 침묵을 강요하는 권력 집단의 보이지 않는 압력, 그런 것은 기자에게는 죽음이었다.

나는 그 죽음에 맞서 싸우기로 했다. 그리하여 소위 싸우는 기자, 저항하는 기자라는 말을 들으며 본분에 충실하고자 했다. 그랬지만 끝내 나는 블랙리스트에 오른 인물이 되었고 요시찰 대상이 되어야 했다.

기자가 되고자 했던 초심에 충실하려 했던 내 신념은 물거품이 될 수밖에 없었다. 좌절과 무력감으로 해서 삶의 긴장마저 탄력감을 잃은 채 풍파 만난 배처럼 현실의 좌표조차 잡지 못하고 어디론지 떠다녀야 했다.

좌표를 잃은 배, 항해를 포기한 배나 다름이 없었다. 그것이 내 삶이 처한 현실의 벽이었다.

정치 현실은 그렇게 단순하지 않았고 여러 방정식으로 얽혀 있었다. 비판을 비판으로 허용하려 않으면 불순 세력으로 몰아가던 것이었다. 자유가 침해되고 인권이 말살 당한다는 것을 펼친다는 것은 불가능했다. 정치인이란 권력의 개들이었다. 이성이 있는 사람이랄 수 없었다. 그들은 거짓말도 밥

먹듯이 했다. 국민을 속이는 것은 정치적 경륜쯤으로 여겼다. 어떻게 해서든 잡은 권력은 놓으려하지 않았다.

그러면서 입으로는 민주화와 자유의 신장을 교과서처럼 외치기를 서슴치 않았다. 권력을 잡으면 공약은 헌신짝이 되어도 거짓말을 거짓말이라 하지 않았다.

국민이 속는 것은 늘 그런 것 때문이었다. 국회를 장악하고 제 손으로 법만 만들어 놓고 그 법을 앞세워 못 하는 짓이 없었다. 최소한의 이성도 없는 인간들이었다. 그들에게 이성이라는 말은 쇠귀에 경 읽기였다.

무소불위의 권력, 그 앞에 항거할 수 있는 것은 없었다. 정파에 휘말려 민생과 국정은 알 바 없고 자파의 이익에만 함몰해 국정을 좌지우지하던 권력. 그랬지만 그에 맞서야 하던 세력은 존재하지 않았다. 그것을 지적하는 기자가 있다면 그건 눈의 가시였다. 소리 없이 처리했다. 다들 그것을 무서워했다.

기자로서 나는 어떻게든 기사를 쓰고자 했다. 그러다 보니 번번이 데스크의 책상 위에서 휴지통으로 직행하는 기사가 될 뿐이었다.

내 기사가 휴지통 신세가 되는 때면 나는 물러서지 않으려 했다. 나는 오히려 회사 데스크를 설득하려 들었던 것이다.

그렇지만 통할 리는 없었다.

나는 포기하지 않았다. 지쳐가면서도 설득하기로 했던 것이다. 실패를 두려워하지 않겠다고 했다.

"기자의 본분이 무엇입니까? 있는 그대로의 사실을 본대로 쓰는 것 아니겠습니까?"

"그래. 그것 때문에 기자가 존재하는 거지. 그렇지만 현실에는 예외 조항도 있다는 걸 생각해야지. 그런데……, 시대정신 앞에서 타협하지 않는다는 것은 좋아. 그러나 꺾어지지 않으려면 휘어지는 것쯤 감수하는 지혜가 있어야 한다는 것도 알아야 해."

"시대정신에 맞서다 굴복하고 타협하는 때면 기자는 죽고 자유와 인권은 말살을 당하고 세상은 정의를 잃게 되는 것 아니겠습니까? 나는 행동하는 양심이라는 기자로서의 본분의 사명은 포기할 수 없습니다."

"신문이 없는 세상보다 있는 세상으로 지키자는 거야. 백보 가운데서 오십보는 빼앗기더라도 오십보는 지키며 견디자는 거야. 기자는 견디고 있어야 하는 거야. 행동하는 양심으로 지킬 수 있을 것 같냐?"

"그래서 무엇을 하자는 겁니까?"

"말은 못하더라도 그때 그 자리에 있었다는 것, 그 사실이

중요하지 않을까? 그래서 보고는 있자는 거네."

내 논리로 데스크를 더 이상 설득할 수 없다는 것을 알았을 때 나를 더욱 좌절하게 했다. 이때의 내 좌절감은 이 현실에서 내가 있어야할 자리를 도둑맞았다는 것으로 표현하기에는 사치였다.

이렇게 비겁할 수 없었다. 그건 내가 인간이기를 포기하는 것이나 다름이 없다고 생각했다.

나는 그러면서도 좌절하는 자신을 추스르며 자신이 기자라는 사실을 스스로에게 강조하기를 포기하지 않았다. 기자로서 본분에 충실하자는 것이 내 소신이고 신념이라고 강조하기에 이르렀던 것이다. 그랬지만 나는 내 신념에 충실할 수 없었다.

주위에서는 그런 나를 가리켜서 현실을 모르는 도깨비라느니 돈키호테라고 비웃기까지 했다. 그런 소리는 나를 버틸 수 없게 했다. 지치게 했다.

나를 향해 회사 데스크가 하던 당부였다.

"몸조심 해. 목숨은 하나 뿐이야."

마지막 경고 같았다.

그럴 때 나는 이렇게 말했다.

"난 그저 기자의 존재 이유에 충실하고자 할뿐 입니다."

"모르지 않아. 그렇지만 기자가 뭔가? 기자는 명예도 아니고 권리도 아냐."

"기자가 존재해야 한다면 그 본분은 지켜져야 한다고 생각합니다."

"그래. 말은 옳아. 그렇지만 현실은 아냐. 길은 보고 걸어야 해."

그런 말은 나를 회유하던 것 이상이었다.

알게 모르게 그렇게 해서 나는 지쳐가지 않을 수 없었다. 그런 피로감이 쌓이게 되고 그 결과는 나를 무너지게 했다.

그러다 내가 부딪치게 된 것이, 사는 게 무엇인지 알지 못하면서 살아 허우적거리는 허수아비 같은 나를 발견하게 되었던 때였다.

이제 내게 남은 것은 병든 영혼이었다. 좌절할 때마다 생각하면서 내지 못한 사표가 가슴에 쌓여 있었다.

그 동안 썼던 내 사표는 한두 통이 아니었던 것이다. 사표는 좌절한 내 주머니에서 그동안 긴 세월을 두고 항의를 거듭했지만 어쩔 수가 없었다.

사내의 말처럼 사는 게 무엇인지도 모르면서 이제껏 사느라 허우적거렸던 것은 내 자신에게도 설명할 수가 없는 노릇이었다. 그러던 끝에 때로는 항변 아닌 항변까지 하게 되었다.

나는 이 사회의 목탁이고 소금이야. 그렇기 때문에 내 삶은 누구보다 충실했고 그리하여 소중한 거야.

어쭈. 뭘 착각하고 있는 것 아냐.

착각이라니? 무슨 착각을 말하는 거야?

네 자신을 돌아보고 말을 해. 뭘 했어? 지금까지 한 게 뭐냐?

그렇다. 무엇을 했는지는 나도 알지 못했다. 알지 못한다는 것은 무지에서 비롯된 것이 아니었다. 그렇지만 이 아침에 사내는 영 고약하기 짝이 없었다. 잘못 만난 상대였던 것이다.

눈치도 없이 사내는 매번 하는 소리가 그랬다.

인간은 태어나면서부터 그냥 살아야 한다는 것에만 묶여 있을 뿐이잖아? 그건 목 메인 짐승이나 다른 게 뭐냐? 괴로우나 즐거우나 이유도 모르고 살아야 한다고 허덕거리는 인간. 죽는 걸 알기나 하나? 이유도 모르면서 살다 죽는 인간이란 것을 생각이나 해 봤냐? 그저 죽는 게 전부라고 생각하지만 그건 틀린 거야. 인간아, 인간아!

사내의 그 말은 내 가슴에 커다란 허공보다 큰 동공을 만들어 놓았던 것이다.

설령 사내한테 좀 돋쳤기로서니 내가 그렇게 비윗장 상할

게 뭐 있냐 한다면 할 말이 있던 것도 아니었다. 그랬지만 나 대로 생각하더라도 끓어오르는 비웟장은 어쩔 수가 없었다. 아니, 비웟장만이 아니었다. 따지고 보는 때면 부끄러운 일이기도 했다.

결국 부끄러움을 모르는 인간이라는 소리를 듣고도 남을 만했던 것이다.

자부심에서 비롯되어 우정 그러했던 것이라고 우겼던 사실도 부끄러운 일이기만 했다. 부끄러움의 결과는 뉘우침이 아니고 좌절을 불러올 뿐이었다. 이때의 내 침묵은 죽은 목숨을 말하는 것이나 다름이 없었다.

무거운 침묵을 강요하는 현실. 있는 것을 두고 볼 수만 없다고 하던 갈등, 보고도 안 보았다고 할 수는 없는 양심, 양심이 눈 감으면 위선이 되지 않겠는가.

침묵을 강요하는 현실 앞에서 침묵하는 것은 굴종이었다. 이때의 침묵은 무기가 아닐 뿐 아니라 방패도 아니었기 때문이다.

곁에서 걷고 있는 남자가 대견스러웠다. 남자는 내 이런 갈등을 알지 못하지 않겠는가. 뭐라고 한 번 말을 하고 싶었으나 마땅한 말이 준비되지 않아 나는 입 속으로만 말을 돌리고 있었다.

눈을 들자 아득한 지평선이 들어왔다.

모래 벌판의 저 끝, 거기에 지평선의 끝이 숨겨져 있었다. 그렇지만 지평선은 인간 의식의 한계를 확대 시켜주는 것도 같았다.

사막은 단순하지 않다는 것, 그러면서 허허벌판으로 뭔가를 가지고 있던 것이면서 정체가 벗겨지지 않는다는 것. 그런 것이 또 사막이었다.

이 사막에서 내 인간 본연의 어떤 것이 방전되는 것 같은 걸 알았다. 그렇지만 그 방전을 그대로 방치하지 않을 수는 없었다. 나는 안간힘을 다해 쓰러지지 않으려는 인간처럼 인내심으로 내심 버텨내고 있었던 것이다.

정오가 되었을까.

남자가 휘딱 고개를 치켜들더니 하늘에서 해를 찾아 올려다보았다. 구름 한 점 없는 날씨였다. 햇살은 따가웠다. 사막의 날씨가 본래 그렇던 것이라고 생각했지만 예사가 아니었다. 우리는 다시 사람 하나 없는 허허벌판 사막을 걷고 있었다. 걷고 또 걸었다. 이 때 사막에서 만나는 잔잔한 바람은 반갑기 그지없었다.

거기까지, 얼마나 걸었던 것일까.

그때는 배낭까지 어깨를 축 처지게 했다. 그럴 것이, 내 등에는 떠나오면서 짊어진 배낭과 뜻 모를 삶의 이유라는 짐 덩어리까지 해서 어깨를 억누르고 있었기 때문이다. 여행의 목적은 걷는데 있다지만 점점 힘이 빠지면서 기력이 소진되어 갔다. 그랬으나 두 사람은 걷는 데만 정신을 모으고 묵묵히 걷고 있었다.

누구도 군담을 하거나 불평하지 않았다. 걷다 보니 어디가 어딘지 알 수가 없었다. 돌아보면 그저 아득할 뿐, 그 자리가 그 자리인 것 같았다. 그 같은 아득함은 막막함의 다른 말이기도 했다.

이런 사막에 필요하던 것은 이정표이련만 어디에도 이정표 하나 보이지 않았다. 드문드문하게나마 이정표를 세워놓았다면 얼마나 좋을지 모를 일이었다. 그랬지만 누구도 그런 배려는 하지 않았던 것이다.

내 인생, 이 길에서는 영원히 나그네는 아니던 것일까.

남자가 처음으로 꺼낸 말이었다.

"굉장히 덥군요."

해를 올려다보던 끝에 남자는 손으로 부채질을 하던 끝에 그렇게 말했다.

"사막이란 데가 본래 그렇지 않겠소."

"그렇군요. 그런데 사막을 잘 아시는가 보군요."

"뭘요. 안다기보다는……, 오래전서부터 기회가 되면 한 번 걸어보리라고 벼뤄 오던 터라……."

또 한참을 걸었다.

"사막으로 여행은 해 보았소?"

남자를 향해 이번에는 내가 물었다.

"아뇨. 난 처음인 걸요."

그 말이 끝이었다.

또 한참을 걸었다.

남자가 하는 소리였다.

"바다를 건지겠다며 들어 간 사람이 그만 바다에 빠져 허우적거리는 것을 보고 구조대가 달려 가 급히 구해 놓고 보니 하는 소리가 뭐라는지 아는가요?"

지금 이 모래벌판에 전혀 안 맞는 소리지만 너무 덥고 목이 마른 나머지 시원한 물을 생각하다 그런 말을 떠올렸던가 했다.

"글쎄요. 난 그 사람을 만나 본 적이 없어서. 뭐라고 하던가요?"

대답하고 보니 내가 했지만 그때 내 답변은 너무 맥이 빠진 소리가 아닐 수 없었다.

"그 사람한테 왜 위험한 짓을 했냐니까 바닷물을 다 마셔

버리려 했는데 배가 너무 불러서 다 먹어치우지를 못했다지 않겠습니까."

"그렇군요. 그 바닷물을 다 먹어 치우기만 했으면 위험 같은 것은 필요 없었을 텐데. 쯧. 누구도 그 생각은 하질 못했군요."

"그렇죠. 그 물 다 먹어치운다고 누가 뭐라 할 사람도 있지 않을 테니 말이죠."

"그 사람, 좋은 세상 한 번 잘 만난 셈이군요."

"그런 셈이죠. 젠장 뉴스에 나올 만한 소리죠"

둘의 말은 조근조근 했지만 무슨 뜻이 있던 것은 아니었다. 그저 그냥 지나가는 말에 불과하던 것이었다.

그런 말이라도 해야 걷는 동안 동류의식이 조화를 이루게 되고 무언 중 일행이라는 사실도 확인하게 됐으니 말이다. 그 대화로 해서 잠시라도 고통에서 벗어날 수도 있었다. 그랬으나 남자와의 정처 없는 대화는 늘 방향을 잡지 못하고 허둥대는 꼴을 면치 못했던 것이다.

그러다 내가 말을 걸었다.

"형씨. 공포를 이해하나요?"

공포에 대해 남자는 별 신경을 쓰지 않는 눈치였다.

"공포라니요? 이 사막에서……? 뭐 그런 게 있으려구요?"

아무 것도 없는 사막. 물론 조그만 은폐물도 있지 않았다. 그러니 두려움도 있을 수 없다는 것이 남자의 생각이던 모양이었다.

공포는 은폐물을 넘어서 달려올지 모르지 않겠는가. 사막은 생태적으로 잘 알지 못하는 것이다. 알지 못하는 곳에서 짐승도 나올 수 있지만 사람을 만나는 것도 알지 못했다. 정체 모를 사람은 야수 이상일 수도 있기 때문이다.

동류인 인간을 만나게 되는 때면 두려워해야 할 이유가 없을 것 같지만 그게 아니었다. 사람을 해코지 하던 것은 사람이었다. 그래서 무인지경에서 만나게 되는 사람을 두려워하던 것이었다. 그건 모두 혹시 모를 우려 때문이기는 했다.

이 사막 저쪽에서 혹시 기다리고 있을 공포는 어떤 것인지 모르기 때문에 경계할 대상일 수밖에 없었다. 그런데 그런 공포를 경계하지 않아도 되는 것일까. 어떤 존재가 자신의 힘만을 과시하며 종횡무진으로 덤비는 때면 무엇으로 감당한단 말인가. 그런 것을 염두에 두고 하는지는 몰라도 남자는 태연하던 것은 물론 두려움에 대해 그다지 고려하지 않는 투였다. 그렇다고 남자의 생각이 틀렸다고 할 수는 없다. 그러나 또 맞다고 할 수도 없는 노릇이었다.

나에게 두려움은 본능적인 것이라고 할까. 사막 깊숙한 곳으로 가까이 가게 되면서 어떤 존재가 있을지 알 수 없기도 했으며, 아무런 반응을 보이지 않는 사막의 그 무반응이며 침묵까지 두려움의 대상이라고 할까. 그렇지만 남자는 거기에 대해 전혀 신경을 쓰는 눈치가 아니었다.

공포란 익숙하지 않은 것에서도 돌발할 수 있었다. 우리를 보호해 줄 것은 아무 것도 없다고 생각했을 때 경계에 대한 준비는 해야 하지 않겠는가. 마땅한 대책은 떠오르지 않았다.

그때 남자가 앞뒤 없이 불쑥 말을 건냈다.

"지구를 만든 게 누구겠소?"

얼떨결에 하게 된 내 대답은 누가 들어도 좀 뭣한 소리일 뿐이었다.

"글쎄. 난…, 난 배우질 않아 모르겠는 걸요."

"형씨. 만약 지구가 없었다면 다들 어떻게 되었겠소?"

얼핏 생각하면 어린애 같은 소리지만 결코 어린애 소리라 할 수 없었다. 간단하지 않았다. 말을 하자면 여러 가지가 나올 만했지만 나는 그에 대한 대답을 할 자신이 없었다.

"우리가 못 만나지 않았겠소?"

"그것도 그렇군요."

"그리고…, 지구가 없었다면……, 다들 어디로 이민을 가지 않았을까요?"

"어디로 말이요?"

"글쎄. 어딘지는 모르지만 말입니다. 인간이 살만한 곳으로……."

그러고 보니 이사 갈 곳이 어디 있을지도 모를 일이었다.

"제기랄. 이놈의 지구가 없었다면 이런 수모는 안 당했을 텐데."

혼잣말이겠지만 남자는 그렇게 투덜거렸다.

"왜 그런가요? 지구가 샹그릴라…, 젖과 꿀이 흐른다는 가나안의 땅이 아니라서 그런가요?"

"아니죠. 지금의 이 지구는 사람이 사람답게 살 곳이 못 된다는 거죠. 안 그런가요?"

"글쎄. 이 지구에도 사람이 살만한 좋은 곳이 많지 않겠소."

"좋은 곳이라뇨? 사람이 사람으로 대접받고 살만한 곳이 어디 있기나 하던가요?"

거기에는 나도 대꾸할 자신이 없었다.

우리는 지구에 살면서 어찌하여 지구에 대해 이렇게 변명 한마디 할 수 없는지 모를 일이었다. 이 지구에 대해 누구나 변명 한마디 준비하지 않았다니. 샹그릴라, 가나안의 땅, 유토피아는 아니더라도 최소한 불평은 않고 살 수 있는 곳이 지구 말고 또 어디 있기나 할까.

나는 한숨이 나왔다. 사실 따지고 보는 때면 내가 한숨 쉬거나 걱정할 문제는 아닌데도 그랬던 것이다. 어쩌면 오지랖 넓은 짓이던지 모를 일이었다.

"사람……, 사람이 사람답게 살 수 있는 곳……, 많기도 하지만 없기도 하죠."

"내가 헐크만큼만 힘이 세다면 이 세상을 뒤집어서 마음껏 한 번 고쳐 볼 텐데 말입니다."

"티쿤 올람이란 말이군요."

"그렇죠. 티쿤 올람……,"

"유사 이래로 세상을 고쳐보겠다고 작정한 사람이 어디 한 둘이었겠소만 그게 다 마음대로 되는 게 아니지 않겠어요?"

그러고 보니 그랬다. 남자가 지구라고 하지만 사실은 세상을 두고 하는 말이지 않았겠는가. 남자가 하던 말로 보아 그 때 지구는 세상의 다른 이름이던 것으로 말이다. 지구는 억울할지 모를 일이다.

인간은 세상에 대해 불평불만하지만 세상을 벗어날 수는 없는 존재였다. 그러면서 몸담고 살았고 또 불평불만하던 것이었다. 티쿤 올람을 꿈꾸던 것도 인간의 소행이지 않겠는

가. 어쩌면 그건 인간의 원죄 의식 때문은 아니던지 모를 일이었다.

만약 세상이 한두 사람의 마음대로 되는 때면 세상은 이미 갈갈이 찢어졌을 지도 모를 일이었다. 그렇게 되었다면 세상은 어떻게 되었을까. 혼란과 분쟁으로 더 많은 불평불만이 쏟아질 것은 뻔한 일이지 않겠는가. 그건 생각만 해도 끔찍한 노릇이 아닐 수 없었다.

"그래도 이 지구가 사람 살기에는 가장 좋은 곳일 거요. 지구가 없었다면 우리가 세상 어디에 발이나 붙이고 살겠소?"

"형씨는 발붙인 것을 굉장히 다행으로 생각하는 모양이군요. 난 그렇지 않아요. 한때 나는 저 하늘을 찔러서 구멍을 뻥 뚫어 지구의 바람을 몽땅 다 빼 버리면 중력을 잃고 떨어져 박살나는 것은 아닐까 하는 생각까지 했었지요."

"저런! 왜 그런 생각을 하게 되었소?"

남자의 돌발성 발언에는 불길한 바가 없지 않았다.

"말하지 않았소. 이 모양의 지구가 도대체 싫다는 거죠. 제기랄. 내게 맡겼으면 지구를 이따위로 만들지는 않았을 텐데……."

"뭐가 그렇게 불만이요?"

"불만이 어디 한둘이어야 말이죠. 나는 며칠 전에도 감원을 당했지요. 십년을 다니던 직장인데 말입니다. 그래서 난 인간으로 태어난 것조차 원망스럽고 고통스럽단 말입니다. 사람에게는 왜 직장 같은 것이 있어야 하고 거기서 감원을 당해야 하며 그 고통까지 떠안아야 하는지 모르겠어요."

"감원 때문에 그러는 겁니까?"

"인간에게 직장이 얼마나 중요한지 모르지요? 직장이 없다는 게 자존심만 상하게 하는 게 아니라고요. 그 고통은 말로 다할 수 없지요. 가족은 물론 세상 온갖 사람들의 눈치까지 봐야 하거든요. 나만 못나고 모자라고 비루한 것 같아서 말입니다. 거기에 멀쩡하게 다니던 직장에서 감원을 당했다는 것은 또 어쩌고요. 형씨는 그런 건 상상도 해 보지 못했을 거요."

"그런데 그게 지구 탓이라거나 세상 탓이라 할 수는 없지 않겠소?"

"그렇지만 인간이 어디 부처님 가운데 토막처럼만 생각할 수 있나요? 안되지."

"그렇지만 직장이란 또 구하면 되는 것일 텐데 너무 상심하지 말아요."

"그게 쉬운 일인 가요? 쉽지 않거든요. 그래서 하는 말이라면 인간에게 감원이란 무서운 형벌이나 다름없단 말입니다."

"그런데 감원은 어쩌다 당하게 되었소?"

"십여 년간이나 다녔으니 내가 능력 부족이라거나 적응을 못한 것은 아니겠지요. 그러니 그 감원이 내 책임이랄 수는 없지요. 안 그런 가요"

남자는 거기서 한숨을 한 번 끙, 하고 내쉬었다.

"그렇지요. 십여 년간이나 다녔다니……"

내 생각에도 십여 년간 근속을 했다면 능력 부족이라 할 수는 없을 것 같았다.

"멀쩡하던 회사가 경영 부실로 부도가 났지 뭡니까. 그 바람에 직원들만 쫓겨나게 됐지요, 나만 아니라고요. 다들 억울하게 감원을 당했지요."

"그거야 회사의 경영상 그런 것이니 어쩌겠소만 직장은 다시 찾으면 될 거요."

"그렇지만 난 감원 당했다는 소릴 할 수가 없어 그렇습니다. 그 소릴 차마 꺼내지 못해 아내한테는 출장 간다며 나왔거든요. 감원 당했다면 사정을 모르는 아내가 얼마나 실망할지 몰라요. 아내가 실망할 것을 생각하면 난 그저 달아나고 싶은 생각뿐인 걸요. 이걸 어떻게 하면 되겠소?"

"뭐 어떻게 할 것까지 있나요? 천천히 정리해서 다시 복직하면 될 텐데."

"아니죠. 능력 부족으로 감원을 당했냐며 의심할 아내가 두려운 걸요. 난 실망해서 낙담하는 아내를 보는 것도 두렵고요."

"아내분도 이해하지 않을까요?"

"아뇨, 아내는. 그런 여자가 못됩니다. 착한 여자이기는 하지만 너무 고지식하기 때문에 그럴 여유가 없을 거요. 그렇지만 나는 아내를 사랑한단 말입니다."

"사랑한다면 더욱 어렵지 않은 문제가 아닌가요?"

"그런데 난 아내를 설득할 자신이 없어요. 그런 아내가 실망하는 것이 두렵단 말입니다. 아내를 실망 시키고 싶지 않아요. ……난 아내를 실망시키지 않으려고 지금까지 능력껏 열심히 일했는데……. 그게 모두 허사가 되었습니다. 아~, 내 인생이 왜 이런지 모르겠어요."

남자는 그러면서도 걸음을 계속 옮겨놓고 있었다. 모래에 발이 빠져서 앞으로 나아가는 데는 여간 힘이 드는 게 아니었다. 그렇지만 걷고 있었다.

"사람이 말이요. 다들 돈에 눈이 뒤집혀서 날뛰지만 돈, 그거 별 거 아니거든요. 돈에 억탁을 해서 사생결단으로 날뛰는 인간들, 너무 불쌍하지 않아요?"

무슨 뜻에서인지 남자는 갑자기 화제를 그렇게 돈 쪽으로 돌렸다.

"그래요. 돈은 돈일뿐이지요. 그리고 돈은 신의 작품도 아니고 어디까지나 인간의 작품이니까요."

이때도 나는 그에게 맞장구를 칠 수밖에 없었다.

말을 하다 보니 숨이 차 왔다. 나는 걸음을 잠시 멈추고 서서 숨을 돌리며 하늘을 한 번 올려다보았다. 하늘도 사막만큼 넓었다.

또 걸어야 했다. 걷겠다고 나선 걸음이니 계속 걷자고 나를 타이르게 되었다. 그러면서 남자의 이야기를 듣는 둥 마는 둥 하고 그냥 묵묵히 걷기로 했던 것이다.

"그런데 오늘도 지구는 돌까요?"

남자는 머리 회전 수가 어떻게 되던지 갑자기 한다는 소리가 또 그랬다.

지구의 자전을 의심할 수 있을까.

아마 남자는 좀 지쳐 가는 듯 보였다. 보기에도 기색이 그랬다.

"안 돈다고 해서 뭐 따로 할 짓이 있는 것도 아닐 테니 심심해서도 그냥 돌지 않을까요?"

우리가 체감하지는 못해도 지구는 시속 1천 6백 70킬로미터로 자전하며 초속 30킬로미터로 공전한다는 것으로 배웠으니 이런 수치로만 말한다면 나더러 무식하다고 할는지 모르지만 하여튼 나는 배운 게 그것뿐이니 어쩔 수 없기도 했다.

"날짜가 변하지 않고 언제까지 그대로 있었으면 해서지요."

그제야 나는 남자의 속마음을 조금이나마 이해할 수 있을 것 같았다. 하루라도 시간이 가지 않고 그래서 날짜가 그대로 멈춰 있기를 바라던 것이 남자의 속내라고 말이다.

그때 어디선가 한 줄기 바람이 불어왔다.

사막에는 태고의 시간이 잠들어 있었다. 그 시간을 밟고 걷는 인간의 행위는 무뢰한지 모를 일이었다. 끝도 없는 길, 사람이 살지 않는 곳, 거기가 사막이었다.

사람은 살 수 없었기에 아무도 살지 않았다. 사람이란 살 수 없는 환경에서는 못 사는 존재였다.

불어오는 바람은 구원의 손길처럼 반가웠다. 사막에서도 바람은 바람이었다.

처음 나설 때 사막에는 모래와 바람과 햇볕만 있을 거라고 생각했는데 그게 아니었다. 사막에는 정적과 더불어 철학이 있었다. 다만 그 철학은 아직 누구도 개념으로 정의하지 않은 것이어서 원목 같은 것이나 다름이 없었다.

사람으로 하여금 바닥 모를 심연의 무엇을 갖게 하던 그 철학. 그것이 사막의 매력이기도 했다. 그때 우리 역시 그 매력에 이끌려서 걷고 있다고 해도 틀리지 않았다.

사람의 숨소리 하나 들리지 않는 적막함. 그래서 어쩌면 닿을 수 없는 길이라 되돌아 나올 수 없을지 모른다는 막연한 두려움은 생각하지 못한 것이었다. 그렇지만 죽음 앞에서도 의연하자고 자신을 다짐했던 생각을 하는 때면 포기할 수 없었다.

공포심과 동시에 도전에 대한 충동심, 그건 삶이 가진 모순이면서 숙명적인 것일런지 모를 일이었다.

두려움과 한 번 부딪쳐보고 싶은 야릇한 결기는 그런 충동심을 유발했고 그 결과 즐기고자 하는 그곳에서 체험하게 되는 것이라면, 삶에 대한 새로운 가치가 아니겠는가 하는 생각이었다.

누구에게도 말할 수 없던 것은 나의 이 길은 처음부터 목적지가 있지 않았다는 사실이었다. 시쳇말로 배낭이 무거워 내려놓는 곳이 그때의 목적지 일 수밖에 없다면서 떠난 여행이었다.

그랬다. 처음부터 나는 망명도 아니었고 도피도 아니었던 것이다. 말하자면 지금의 나는 단순한 여정에 지나지 않았다.

　가이드도 안내인도 없이 출발했던 것이 불편하긴 해도 마음은 편했다. 나 혼자의 자유로움을 나대로 즐길 수 있으니 말이다.

　내가 처음부터 갖고 있던 것이면서 이번 여행의 출발점이기도 하던 그 이상한 호기심과 충동을 빼놓을 수 없었다. 사실 그 충동은 삶에 대한 저항일지 모른다는 생각 또한 없지 않았다. 내 삶에서 그 저항은 낯선 것이기도 했지만 또 언제부터 끊임없이 끓고 있던 무엇과도 다름없기도 했다. 언젠가 한 번은 단독으로 사막을 걷겠다는 열망이었고 그 열망에는 나 역시 뭐랄 수 없이 발동했던 것이 그 충동이라 할 수 있었으니 나로서는 다만 한 가지 이참에 그걸 실행하는 기회로 삼은 것뿐이다.

　그런데 가이드는 아니지만 남자를 만난 것은 잘된 일이었다. 인간은 상호의존적 존재라는 생각을 이때도 하게 되던 것이다.

　"우리 좀 쉬었다 가면 어떻겠소?"

　남자가 하는 말이었다. 남자의 좋은 점은 독단적이지 않고 항시 상대에게 동의를 구한다는 것이었다.

　"그러죠. 쉬어 갑시다."

나도 흔쾌히 동의하게 되었다.

조그만 모래 언덕을 하나 넘자 그 언덕을 의지해서 배낭을 멘 채 비스듬히 몸을 누이게 되었고 그러자 놀랍게도 갑자기 편안함이 몰려오던 것이었다. 세상 어디에 비할 데 없는 편안함이었다.

눕고 보니 그랬다. 모래의 감촉은 더 없이 부드러웠다.

사막은 생각하던 것과는 딴판일 만큼 달랐다. 무엇보다 한결같이 너무 광활했다. 끝이 보이지 않는 지평선은 이때도 저기에서 우리를 향해 손짓하는 것만 같았다. 산도, 인가도 없는 곳으로 사람의 그림자라고는 눈에 들어오지 않는 광활함이 펼쳐진 지평선, 그야말로 광대무변의 모래 천지였다.

그저 아득할 뿐이었다. 모래 천지, 그것이 사막의 매력이기도 한 것이다.

"사람이 왜 사는지 아는가요?"

지평선을 바라보던 끝에 남자를 향해 불쑥하게 된 나였다.

남자와의 대화는 처음부터 공통분모가 이루어져 있질 않던 것이라 자칫했다가는 동문서답이 될 싹수가 농후했지만 이때도 그런 것이 없지 않아 조심스레 말을 건넸다.

남자는 잠시 뚱한 얼굴이더니 하늘을 향해 허허 하고 한 번 웃음을 친 다음 대답했다.

"태어났으니 어떡해요? 사는 수밖에요. 뭐 별 수가 있나요? 사람에게는 아무런 선택권이 없는 것 아니겠습니까?"

선택권이 없는 인간, 그런 인간으로 우리는 살아가고 있었더란 말인가.

"인간에게는 이유도 없지요. 왜 사는지, 왜 살아야 하는지 말입니다."

이때 남자의 말은 제법 명쾌했다.

말은 내가 꺼냈지만 나는 말문이 막혀 그때 아무 말도 더 하지 못하고 있었다.

"사람에게 최소한 돈만은 마음대로 가질 수 있는 선택권이나 권리가 있어야 하지 않겠어요? 안 그런가요? 돈은 많을수록 좋으니 말이죠. 그런데 돈에 대해 말을 하는 때면 다들 하는 소리가 욕심 어쩌고 하거든요. 그냥 욕심으로 몰아 버리는 것은 잘못된 것이라고 하겠어요. 그건 좀 지양되어야 하리라고 생각해요."

남자의 말이 틀린 것이라 할 수는 없었다. 그러나 그 말에 토를 다는 때면 말이 또 너무 많을 것 같았다.

"내 친구 하나는 그래요. 사람으로 사는 거니까 그냥 사는 거라고요. 자기는 이 세상에 태어난 것을 얼마나 영광된 일인지 모른다고 하더군요. 이 좋은 세상에, 이 좋은 사람으로 태어난 것은 축복된 일이 아니냐는 거지요. 그 친구 참······. 사람은 다 다른가 보죠?"

"그 사람은 삶의 이유에 대해 불만은 없던가 보죠?"

"그래요. 그런 친구한테 삶에 대한 불만이 있을 수 있겠어요?"

"불만이 없다고 삶의 이유가 해명되거나 당연하다고 할 수는 없을 텐데요."

"그 친구 말이 그래요. 우리를 낳아 주신 두 분 부모님을 한번 생각해 보라고요. 그러면서 그때야 자신이 비로소 어른이 되었다는 기쁨도 알게 될 거라고 말하더군요."

"어른이 된다는 것을 그렇게 정의할 수는 없지 않을까요?"

"어른이 되어 보면 사람이 가진 사랑 가운데 내리 사랑이라는 것을 알게 되고 다음 세대로 이어지는 인류의 길목에서 자기 몫의 임무사항을 완수했다는 자부심을 가질 수 있다고 하던 걸요."

말이 될 것 같으면서 되지 않은 소리는 아닌지 모를 노릇이었다. 어느 것이 정답이라고 할 수는 없지만 말이 아주 안 되는 것도 맞는 소리라고 할 수도 없는 것으로, 용훼에 지나지 않던 것이라고 몰아 버릴 수도 없을 것 같았다. 사실은 어느 것도 정답이랄 수는 없지만 말이다.

그 남자의 눈물 77

인생이란 정답이 없는 난해한 숙제나 다름이 없는 상대라는 것 앞에 봉착하던 것이 그때였다.

저 멀리 지평선 너머로 해가 넘어가고 있었다. 넘어가는 해를 나는 망연히 바라보고 있었다. 사막은 영겁의 땅이기도 하다는 것을 그 해가 말하고 있는 듯 했다.

하루를 다한 해는 변변한 작별 인사도 없이 그렇게 사막 저쪽으로 자취를 감추려 했다. 이제 곧 낮과 밤이 교대할 시각이 가까워져 지던가 보았다.

등에 멘 배낭에서 자꾸만 꿈틀거리던 것은 풀리지 않은 삶의 이유에 대한 의문과 회의였다. 산다는 것은 무엇인가 하는, 해를 바라보고 있는데 그 생각이 새삼 고개를 드는 이유에 대해 나는 알 수가 없었다.

목적이 없는 항해나 다름이 없는 우리들의 삶은 맹목이지 않겠는가 하는, 그렇다면 무엇이 삶의 이유일까 하는.

의문은 의문으로써 마냥 남겨질 뿐이었다.

삶이 항해라면 방향은 누가 잡으며 어디로 흘러가더란 말인가. 그 항해에 바람이 불고 파도가 치지 않더란 말인가. 행여 그 틈에 끼어들어 농간을 부리던 것이 운명이라는 것은 아니었을까.

남자의 친구가 했던 말도 거기에 포함될 수 있을 것 같았다. 사람이 태어났으니 그냥 살아야 한다는 맹목적인 것에 지나지 않는다면 굳이 이 사막 가운데까지 찾아 나설 이유도 없지 않겠는가. 이 뿐이랴. 맹목적인 삶이라면 짐승의 그것과 뭐가 다르겠는가 하는 반론이 내 생각이기도 했다.

그렇다. 산다는 것은 무엇이고 그 뜻은 또 어떤 것이며 그 답은 무엇으로 찾는단 말인가. 모를 일이기만 했다. 이 사막 저 끝에 닿을 때면 그 해답을 만날 수 있을 것인지.

그때 남자가 말을 꺼냈다.

"우리 오늘은 여기서 그만 밤을 기다리기로 하는 게 어떻겠소?"

해가 넘어가기 까지는 아직 약간의 시간이 남아 있었다. 그렇지만 간다고 해서 마땅한 목적지가 있던 것도 아니니 어디면 어떻겠는가.

그저 사막일 뿐이었다. 바쁠 것도 없었다. 아니 여기서도 저기서도 잠은 어차피 노박이지 않겠는가.

그러고 보니 등도 떨어지지를 않았다. 앉은 자리에서 보건데 지대가 조금 높아 해가 넘어가는 쪽이 확연히 조망되었다.

괜찮을 것 같았다.

"그럽시다. 여기가 좋겠군요."

나는 그렇게 동의하기로 했다.

"여기라면 넘어가는 해를 볼 수 있을 거요."

"그렇군요. 밤이면 별도 보일 테죠."

"그럼요. 사막의 하이라이트는 역시 밤하늘의 쏟아지는 별이라 하지 않았겠소. 나는 그 별을 보려고 왔지요."

"부인한테 출장 간다 하고선 사막에서 별을 보다니요. 그래서 되겠어요?"

아까 그가 했던 말이 떠올라 나는 그렇게 한 차례 실없는 소리를 했다.

그 말에 그는 쓸쓸히 웃었다.

"거짓말은 나쁘지요. 나는 아마 나쁜 인간인가 봅니다."

나는 뭔가 내가 실언했다는 생각이 들었다.

"뭐 그 정도의 거짓말쯤이야. 이 세상에 남자치고 아내한테 거짓말 한 번 안 한 사람이 어디 있겠소. 누구나 하는 것인 걸요."

"사랑한다는 말도 따지고 보면 상당수 거짓말이라고 하더군요."

"그렇죠. 여자한테 하는 말로 백 프로 참말이 어디 있겠어요."

"난 아내가 두려워서 거짓말을 했지요."

"아내가 그렇게 두렵다는 건 무슨 뜻이요? 가족끼리 말이요."

"아내를 사랑하기 때문이지요. 아내의 마음을 상하게 하는 때면 내가 먼저 마음이 아프단 말이지요. 그렇게 살다 보니 그것이 타성이 돼서……, 이제는 세상에서 가장 두려운 존재가 아내인 걸요. 어쩌다 보니 범보다 두렵고 하느님보다도 두려운 걸요."

"세상에 하느님 보다 두려운 존재라면 하느님이 화내지 않겠어요?"

"그렇죠. 하느님이 아는 때면 격노할 테죠."

"결국 하느님까지 속이게 되었군요?"

"그런가요? 하여간 나는 여자는 별 게 아니라고 생각하는데 아내만은 그렇지 않더군요."

"아내라면……,"

휴,

나는 한숨까지 내쉬게 되었다.

남자의 말이 전혀 틀린 것은 아니었다. 거짓말이라면 나 역시 그 범주에서 오십보백보였다. 이팔청춘 꽃다운 나이로 두 사람이 결혼할 때 아내는 여자였다. 그 아내한테 내가 한 거짓말은 무엇 무엇이었는지 모른다.

그 뿐이 아니었다. 결혼을 하고 아이들을 낳고 사는 동안 아내는 여자가 아니라 무서운 존재로 변해 가던 것이었다. 그것은 마치 만고의 진리나 다름이 없는 변화였다.
　아내의 변화는 애 둘을 낳고부터였다. 그건 어떻게 지적하고 고칠 수가 없었다. 주부라는 이름으로 한 가정의 주권을 확보하는데 있어 여자의 변화는 자연스러운 것처럼 이뤄져 가던 것인가 했는데 어느 새 그렇게 되었다. 같은 공간에 함께 있었지만 부재(不在)했다. 그런 것을 알았을 때 아내가 아내로 가까워지지를 않았다. 그러니까, 몸은 있었지만 마음과 정신이 따로 놀던 존재가 아내였다. 그렇게 마음과 영혼이 비었다고 생각할 때 아내는 이미 타인이나 다름이 없었다.
　얼마 지나지 않아 해가 넘어가고 있었다.
　주변 사막이 붉게 물들기 시작했다. 황혼이 내려앉으며 주변이 온통 불타는 사막은 장관 그 자체였다. 경이롭기까지 했다. 걷느라 고통스러웠던 모든 것이 일시에 가시는 순간이었다. 해 질 녘이 되면서 갑자기 떠오른 것은 떠나온 도시였다.
　마치 갈증이 닥친 때만 같았다. 그러면서 가슴으로 이름 지을 수 없는 어떤 감정이 바람처럼 일었다.
　사무실 창문에 해 그늘이 내리면 어디서 걸려올 전화를 기다리던 일하며, 이집 저집 취한 술꾼들이 떠드는 소리가 음식 냄새에 엉켜서 가득하던 골목길, 그 길을 함께 걷던 친구의 얼굴, 떠나보지 않으면 모른다는 말의 의미가 귀환하지 못한 자의 슬픔처럼 가슴을 훑었다.

드디어 해가 넘어가는 광경이 펼쳐졌다. 그 광경은 장엄했다. 감탄하지 않을 수 없는 경이로운 광경이었다. 이건 진정코 경외감이리라.

인간이 경외감을 갖게 되는 것에는 말로 다할 수 없는 우주적인 무엇이 주체할 수 없는 감동의 쓰나미로 밀려들어왔다. 그 같은 감동은 급기야 쓸쓸함으로 바뀌면서 어둠 속으로 사라지고 말았다.

해가 넘어가면서 긴 꼬리를 그리던 그 광경은 볼수록 경이로움을 자아내었다. 감탄은 아름다움의 다음 차례였.

장엄함이 사라지면서 찾아오는 쓸쓸함은 또 뜻 모를 눈물을 나게 했다. 그때의 그 눈물은 그리움에 대한 항변은 아닐런지 모를 일이었다.

사막의 진면목은 그런 쓸쓸함이 아닐까 싶었다. 잠든 겨울 밤 창밖을 기웃거리다 숨어서 우는 바람처럼 외롭고 쓸쓸함은 뭐라고 할 수가 없었다. 그 끝머리에는 인간을 생각하게 했다.

인간이란 이 같은 아름다움과 경이로움 앞에서 어떤 자세를 여미며 어떻게 존재해야 하던 것일까.

여행은 현실의 해독제라고 하던 이유를 알 것 같았다. 여행을 하지 않았다면 체험하지 못할 경험이었다. 이번 여행은 처음부터 나를 발견하기 위해 스스로 나침반이 되어 떠나 온 길이었다. 그리하여 내가 할 일이라면 자신에 대한 신뢰를 회복하는 것이지 않겠는가.

나는 평기자로 입사해 그렇게 십여 년 세월을 한결 같이 기자로만 살아왔던 것이다. 그 동안의 세월을 생각하면 눈물이 났다. 이 같은 대자연의 경이로움 앞에 인간은 무엇인가. 모든 것을 내려놓고 빈 몸으로 홀로 거기에 끝없이 서 있고 싶었다.

인간은 아름다운 존재일 수 없을까.

돌이켜 보는 때면 그랬다. 아내는 가정 법원 판사였다. 그런 아내는 근엄했다. 그래서 집안에서도 웃는 법이 없었고 근엄함을 잃지 않으려 했다. 항시 근엄함을 잃지 않으려 하는 것만이 아니었다. 끼고 살고자 했던 것은 두터운 법전이었다. 결과적으로 나는 그 법전에게 아내를 빼앗긴 남자였던 것이다.

아내는 직무에는 충실했지만 집안일에서는 그러질 못했다. 젬병이나 다름이 없었다. 그래서 바로 말하는 때면 생활에는 반신불수이던 것이 아내였다. 정신적으로 말해서도 그랬다. 그랬지만 정작 아내는 그런 것을 인정하려 하질 않았다. 평균적으로 가정을 꾸리는 여자라면 가정생활에 소홀할 수 없는 것이련만 남편을 수발하고 아이들을 돌보며 집안일에 몰두해야 하는 기본조차 등한시하던 여자가 아내였던 것이다.

아내의 문제는 집안에서 조차 법관으로서 판사 생활을 유지하려 하던 것에서도 기인했다.

오직 법관으로서 자신이 수행해야 하는 소임밖에 모르는 여자. 가정이라는 테두리 안에서 남편에 대한 아내의 역할이며 남편과 함께 생활한다는 것은 고려 대상에서 제외되어 있던지 모를 일이었다. 오직 공직 생활에 따른 자신의 직무에만 충실하고자 했다. 그것을 본분으로 생각하는 그런 여자가 아내였다. 그런 아내를 보면서 나는 내 직장 생활에 마저 염증을 느끼게 되었던 것이다.

부부간에 소소하고 자연스러운 대화 따위는 없었다. 중학생 큰 아들과 초등학생인 작은 아들은 자신들의 방에서 나오지 않았다. 남이나 다를 것이 없었다.

나는 집안에서도 늘 혼자였다. 그렇게 혼자일 때 나는 집안이 사막보다 더 사막 같은 느낌을 받곤 했다. 그래서 나는 집안에서 이미 사막을 경험한 처지이기도 했던 것이다. 그때부터 나는 막연하지만 여행을 꿈꾸게 되었는데 그러던 때 친구의 아내가 사세한 상가 조문에서 받은 영향은 내게 작지 않은 충격 그 자체였기도 했다.

아내를 잃은 친구는 하염없이 울었다.

친구의 울음, 그것에서 받은 충격으로 나는 아내를 다시금 생각하게 되었다. 부부의 사랑이란 것을 느끼게 하던 친구의 울음은 그렇게 파장이 컸던 것이다.

친구의 절절한 울음은 오로지 사랑에서 기인했다. 사랑이 없는 곳에서 그런 울음이 나올 수 없다는 내 생각은 나를 뭔가에 새롭게 눈 뜨게 하던 것이었다. 아내가 죽었다면 나는 그렇게 울 수 없으리라는 생각이었다. 눈물이 흐르지 않는 울음은 울음이 아니기 때문이었다.

나는 울고 있는 친구를 보자 그 자리에서 다시금 아내를 생각하게 되었고 울음을 모르는 내 자신을 돌이켜 보기에 이르렀던 것이다.

사실 이번 내 여행의 출발점은 거기였는지 모를 일이기도 했다.

#〈 〉
모닥불이 타올랐다.

사막의 밤은 모닥불이 장식했다.

밤이 모닥불 주위에서 넌짓거리는 사이 어둠은 저만치에서 먹이를 노리는 야수처럼 우리들을 호시탐탐 살피고 있었다.

한 가닥 모닥불이 타오르는 밤. 그것으로 인해 낯선 정겨움이 없던 것도 아니었다. 사막에서 터득한 것이라면 불은 문화이지만 물은 생명이라는 사실이었다. 둘만이 지키는 밤은 너무 적막했다. 그런 적막 속에서 밤이 깊어져 가고 있었다.

어두워지면서 별이 하나 둘 살아나는가 하더니 급기야 덩달아 온 하늘이 별무리로 요란했다.

셀 수 없이 무수한 별들이 곧 쏟아져 내릴 것만 같은 사막의 밤. 사막의 밤은 또 눈물이 나게 조용했다.

그런 사막의 밤을 지켜주던 것은 모닥불이었다.

어두워지기 전에 주위를 뒤져서 마른 덤불과 오래 전에 바람에 날려 왔던 부러진 나뭇가지며 알지 못하는 짐승들의 말라붙은 배설물 등을 모아 불을 피우도록 했던 것은 여간 다행이 아니었다.

사막에서 밤의 향연은 역시 모닥불이었다. 사람이 한 가닥 모닥불에 마음을 의지하며 밤을 새울 수가 있었으니 말이다.

모닥불을 가운데 두고 우리는 마주 앉게 되었다.

사막이 너무 조용한 것은 때로 소음 보다 견딜 수 없게 했다. 바람조차 얼씬하지 않는 사막의 밤은 그냥 정적의 세계였다.

그때 정적을 뚫고 멀리서 승냥이 울음 같은 소리가 들려왔다. 이 사막 어디에도 승냥이가 있던지 모를 일이었다.

"저 은하수, 강물에 말이요. 한 번 풍덩해서 수영이라도 하는 때면 으,⋯크크크⋯⋯, 죽여 줄 텐데. 안 그런 가요?"

갑자기 남자가 하는 소리였다. 그 소리는 마치 비명 같기도 했다.

보아하니 한낮 더위에 어지간히 지쳤는가 보다. 지금쯤 물이라도 양껏 뒤집어쓰고 싶은 간절함은 누구나 절절하지 않겠는가.

꼬챙이로 모닥불을 쑤셔대고 난 후였다.

"은하수, 거기에 수영하는 사람이 있겠소?"

내가 받아서 한 말이었다.

"왜요? 누가 못하라고 하겠어요? 심통 상한 자라면 투신도 할 텐데."

"어이쿠, 투신까지요?"

괴이한 소리였다.

옥토끼 금토끼가 절구통을 앞에 놓고 절구질을 하고 있다는 그 푸른 하늘 은하수에 투신을 하다니. 그런 불경스러운 생각을 한다는 건 좀 아니다 싶었다.

그럴 경우 꿈과 동화는 산산조각이 나지 않겠는가. 아무리 신화라 하지만 그때 남자의 발상은 좀 불경스러운 것이라 하지 않을 수 없었다.

"오늘 밤, 나는 별을 하나 따야 한단 말입니다. 별이 필요해요."

"별을 어디서 따겠소? 은하수에 별이 떨어져 있다고 하던가요?"

"그 별 때문에 지금까지 몇 명이나 익사를 했는지 아는 가요?"

은하수에 익사자가 생겼다는 소리는 듣지 못했다. 세계 토픽에도 없는 사실이었다.

무엇에 쓰려는지는 몰라도 남자에게는 별이 필요했나보다.

남자는 마음으로 별을 그리며 꼬챙이로 모닥불을 계속 쑤셔대고 있었다. 그랬지만 그 말은 좀 해괴하던 것이었다. 그러나 나는 그의 말에 응대를 하지 않을 수는 없었다. 응대를 하지 않을 때면 침묵이 벽을 가르던 것으로 말이다. 그럴 경우 분위기에 문제가 생기지 않겠는가 하는 생각 때문이었다.

"별은 따서 무엇에 쓰려고 그래요?"

남자가 한숨을 끙, 내쉬었다.

"아내한테 갖다 주려고요. 처음 아내에게 별을 따주겠노라고 약속을 했거든요. 그랬는데 난 지금까지 그 약속을 지키질 못했던 겁니다. 이번 참에 별을 따 갖고 가서는 감원 얘기도 하려고요."

"아내에게 했던 약속을 지키는 남자가 어디 있겠소. 그 약속을 지키는 남자야 말로 정말 훌륭한 남자일 거요."

"난 훌륭한 남자는 못되지만, 아내에게 한 그 약속은 꼭 지키고 싶은 걸요. 그렇게 해서 아내를 처음 만났을 때 사랑한다는 그 의지를 변치 않게 가슴에 단단히 간직하려고 하지요."

"당신은 훌륭한 남자요. 그것만으로도 충분히 훌륭한 거요."

남자의 눈은 계속 어두운 밤하늘을 향해 있었다.

"별이 왜 떨어지질 않는지 모르겠어요."

"별은 매달린 게 아니라 박혀 있어서 그럴 거요."

"아, 그런가요? 난 그걸 몰랐군요. 그걸 모르고 아내한테 약속을 하다니. 그런데 저 은하수에서 같이 목욕을 하자고 하고서는 그 약속도 지키지 못했단 말입니다."

"은하수는 별들만 흘러가는 강이지 않겠소. 그래서 누구도 함부로 뛰어 들 수는 없을 거요."

"왜 그렇지요?"

"뛰어 드는 때면 오염될 수 있으니까요."

"아하, 그렇겠군요. 별들은 역시 좋겠구나."

남자는 그렇게 간단하게 감탄했다.

나는 그런 남자가 순진하다고 생각했다. 그런데 남자는 그때 또 엉뚱한 소리를 하던 것이었다.

"혹시 죽어 본 사람이 있을까요?"

그 소리에 나는 찔끔하지 않을 수 없었다.

이 사람, 어찌된 것일까.

"그런 사람, 만나 본 적이 없는 걸요. 죽은 사람은 있어도 죽어 본 사람은 아직 보질 못했소."

"왜 그럴까요?"

"그건 모르죠. 죽으면 돌아오지 않으니 말이죠."

남자와의 대화는 마치 스무고개 같기도 했다.

"거기가 여기 보다 좋다거나 하는 그런 뜻은 아닌가요?"

나는 당황했다.

"글쎄. 여기와 거기는 존재 방식이 다르긴 할 테지만."

"어떻게 말입니까?"

처음으로 남자가 반문을 했다.

"그러니까, ……밥 같은 건 안 먹어도 배가 고프지 않다는 것이며, 돈 같은 것도 필요 없는 것은 물론, 상하 위계질서며 법이라는 것도 없을 테고, 그래서 조직 사회가 아니라는 것 등 모든 게 필요 없는 곳이지 않겠어요?"

"호오……, 그걸 어떻게 알았습니까? 그렇다면 거기는 평화의 땅이고 낙원이 아닐까요? 그래서 누구나 한 번 가면 돌아오지 않는군요, 쯧. 여태 그걸 몰랐다니."

"어떤 곳인지는 모르지만 하여튼 거기 죽음의 세계는 여기하고는 다르다는 것, 그리고 인간은 죽으면 끝이라는 것 등이지요."

"호오! 역시 연구 대상이군요."

남자는 죽음에 대해 무척 신기해 했다.

이날 밤의 모닥불은 생명처럼 타올랐고 정적은 적막처럼 내려앉아 어둠과 더불어 서러운 밤처럼 그렇게 깊어져 가던 것이었다.

사막은 사람의 세상이 아닌 별천지(別天地)의 세계였다.

"저 은하수를 말이요, 내게 맡겼으면 이 사막 한가운데로 쫙하니 흘러가게 해서 세상을 한 번 낙원으로 만들었을 텐데, 쯧."

듣고 보니 말이 되면서 또 말이 아닌 소리였다. 그렇지만 놀리는 말이라도 한마디는 해야 할 것 같았다.

"그때는 아마 세상 만드는 경험이 부족했던 것 아니겠어요? 이 세상에 누가 살게 될지도 몰랐을 테고 도시 계획 같은 것도 없었을 테니 말이요."

남자는 고개를 끄덕였다. 그 모습은 진지했다. 어째 보면 맨탕으로 순진한 것도 같았다.

"어디서나 뭣도 모르는 얼치기들이 앞장서 날뛰는 바람에 일을 조지는 거죠. 그때도 아마 그런 얼치기들 때문에 그 꼴이 된 모양입니다. 안 그런가요?"

"모르죠. 앞장서서 얼치기로 놀아났던 게 누군지는."

"그러니까……, 뭣도 모르는 치들이 누군지는 모르지만……, 창조주니 구세주니 하고 나서서 떠들어 대던 그 치들 아니었겠소? 뭐 그런 치들이 아니면 나설 사람이 없었을 테니 말이요."

"스티븐 호킹의 말은 우주는 대폭발 빅뱅이 일어나 만들어졌다고 했지요? 그런데 만들어진 것은 알겠는데 왜 만들었는지는 모르겠다던 것이 스티븐 호킹의 말이었지 않겠소."

"아하, 그랬었군요. 난 인류를 구원하고 어쩌구 하면서 나서서 떠드는 치들한테 좋은 감정을 갖고 있질 않거든요."

"왜 그렇소?"

"그들의 꼴을 한 번 보십시오. 입만 열었다, 하는 때면 인류를 구원하고 어쩌고 하면서 떠들지만 정작 세상에는 범죄자만 득실거리고……, 전쟁은 그칠 날이 없고……, 전쟁은 절대로 없어야 하는 데 말입니다. 어떻든 혼탁한 세상은 끝이 없지 않겠소? 인간들 하는 꼬락서니를 보아도 그렇죠. 멀쩡한 인간들이 마약에 취해 비틀거리지 않나……, 살인, 강도, 절도가 넘쳐나지 않나……, 도대체 세상 되어 가는 꼴을 보면 뭐가 영 마뜩찮단 말입니다. 인간이란 마치 병 속의 바퀴벌레들처럼 서로 못 잡아먹어 아귀다툼이고……, 하여간 이 세상은 인간이 살 곳이 못 된다, 그거 아니겠습니까?"

나는 거기서는 남자의 말을 듣고만 있기로 했다. 끝도 없는 그런 불평은 이런 밤에는 어울리지 않는다고 생각하던 것으로 말이다.

그러던 다음이었다. 남자는 혼자서 구시렁거리는가 했는데 면구스러웠던지 나를 향해 불쑥 말을 건넸다.

"이 여행을 왜 하게 되었소?"

대수롭지 않은 말이지만 남자는 나를 향해 넌지시 질문하는 것이었다.

나는 적이 당황하지 않을 수 없었다. 그런 말 정도에 둘러댈 준비를 하지 않았던 것이지 않겠는가.

　털어 놓을 수 없는, 언제부터인가 가슴 한 쪽에 뿌리내리고 있던 그 무지개라는 것을 찾아 나섰다고 하면 믿어 줄까. 사실 그 무지개가 어떤 것인지는 내 자신도 알지 못한 것이지 않은가. 내 자신에게도 막연한 그 무지개, 그러고 보면 나는 참으로 싱거운 그런 인간이지 않겠는가.

　사실 엉뚱하다고 할 수밖에 없었다. 이 나이에 무지개 타령이라니. 그렇지만 가슴 설레게 하던 것은 사실이었다. 저 벌판 지평선 너머 어디에 뭔가가 있을 것 같은 생각.

　나는 지금의 나를 설명할 구실거리가 없기도 했다. 나는 얼마 지나지 않아 그 사막 한 가운데서 무지개 따위 같은 생각과 가차 없이 결별한 다음이기도 했다. 혼자 걸으며 하게 된 생각은 이 모래 벌판의 지평선 너머 어디에 과연 무지개 따위가 있기나 할까였다. 막연함이 공허감으로 바뀌던 것은 사막에 발을 들여 놓으면서 그동안 가슴에서 삶을 설레게 했던 무지개에 대한 생각이 시효 만료가 되어 그후 폐기 처분 했기 때문이었다.

　나는 남자가 묻는 질문 앞에 세워진 나를 보게 되었다. 바른대로 말한다면 내 가슴에 있던 무지개를 찾아 나섰다고 해야 옳을 것이지만 그러나 그 말을 하질 못했다. 그러다 빗나

간 소리 한마디를 겨우 하게 되었다.

"그러니까……, 나는 내 자신이 인간이라는 것을 한 번 증명하기 위해 이 여행을 시작한 것이라고 할까요. 평소 인생은 여행이라는 생각을 갖고 있었지요."

"호오……."

남자의 입에서 그 같은 모호한 소리가 나올 즈음 나는 역습을 하게 되었다.

"우리, 내일을 위해 오늘은 그만 발 뻗고 자도록 합시다."

그 말을 신호로 잠이 들게 되었다.

세 여자

#〈 〉

  사막 어느 구석에서 밤을 새운 바람도 새벽 이슬을 털고 지향 없이 길을 떠나는 아침이었다. 그런 아침은 허전했다.
  산도 물도 나무도 인가도 없는 공간으로만 존재하는 그곳이 사막이었기 때문이다.
  날이 밝아 눈을 떠 보니 곁에서 잠들었던 남자가 보이지 않았다. 볼일이 있어 어디에 몸을 은폐한 것은 아닐까 했으나 그의 배낭도 보이지 않았다. 누웠던 자리의 흔적으로 헝클어진 모래 자국은 발자국을 남기고 저쪽으로 이어져서 걸어 간

것으로 나타나 있었다.

　잠든 사이 남자는 혼자 가 버린 모양이었다.

　남자는 가고 없었다. 남자는 하루를 같이 걸었지만 본대 머리 없이 자신의 이름조차도 남기지 않은 채 바람처럼 사라졌다.

　생각하면 그랬다. 말 한마디 않고 가버리다니. 뭐가 못마땅했던지 모를 일이었다.

　나는 그 남자를 동행쯤으로 생각했는데 아마 동행이 아니었던 모양이었다. 나는 무의식적으로 뭐가 없어지지는 않았나 하고 살폈으나 없어진 것은 발견되지 않았다.

　예기치 않게 만났던 것도 그랬지만 말 한마디 없이 가버린 것도 그렇기는 마찬가지였다. 그 남자가 마음에 남는 것이 되었다.

　해는 저만큼 솟아올라 있었다.

　이제 나는 다시 혼자였다.

　일어나 자리를 정리한 다음 주섬주섬 배낭을 챙겨서 떠나기로 했다. 여행을 떠날 때 걷기로 했으니 걷는 수밖에 없었다.

　조그만 모래 언덕을 하나 넘어서자 배낭을 멘 몇 명의 여행객들이 재잘거리는 소리가 자지러졌다. 모두 여자들이었다.

보는 것만으로 반가웠다. 여자들이어서가 아니었다. 낯선 사람들이지만 사막 가운데서 사람을 만난다는 것은 오랜 시간 처음이라 외로움을 통한 반가움이다.

그들은 젊은 여자들로 일행은 모두 세 사람이었다. 그들은 모두 외국계(系) 여자들이었다.

여자 셋이 모이면 간(姦)한다더니 하나 틀리지 않던가 보았다. 비록 저들끼리지만 그들은 연방 웃음을 꺄르르, 꺄르르, 쏟아놓으며 멈추질 못했다. 다들 적지 않은 연배임에도 그렇게 그침이 없어 활달하고 발랄함이 넘쳐났다.

나는 그들의 그 같은 영혼이 부러웠다.

그들 세 사람은 마음 맞은 친구들인가 보았다.

그 중에 하나가 소리를 질렀다.

"저기요~."

하고, 나를 불러 세우는 소리였다.

나는 움씰해서 걸음을 멈추게 되었고 자연히 그들을 보았다.

"혼자이신가요?"

느닷없이 나에게 물었다.

"그렇습니다."

"그렇다면 우리랑 일행할래요? 여행길에 만난 인연으로.

우리 같이 걸어요."

그들은 거침이 없었다.

세 사람 모두 같은 또래인 듯 했다.

합류를 하는 경우 남자는 나 혼자였고 여자는 세 명이었다. 그래서 어쩌자는 것은 아니지만 하여튼 비율로 말하자면 삼 대 일이었다.

"그렇게 해도 되겠습니까?"

"뭐가 어때서요? 걸을 것 아닌 가요?"

"그래요. 걸을 겁니다."

"그럼, 우리 같이 걸어요. 가는 데까지."

"그럽시다."

나도 흔쾌히 동의하게 되었다. 그러고 보니 졸지에 여자들과 어울렸는데 궁하던 차에 마다할 이유가 없던 것이 그때의 내 처지인지라 그렇게 일행이 되었다. 여행에는 경계가 없었다. 누구나 만나면 친구가 되는 것이 여행이었다.

또 한 여자가 물었다.

"왜 혼자가 되었어요?"

처음 무슨 뜻인지 나는 알지 못했다.

"처음부터 혼자였던 걸요. 왜요?"

"그럼, 새벽에 보니 한 사람이 먼저 가던 걸요. 일행 아니었나요?"

아마 남자를 두고 하는 말인 듯 했다.

"아, 그 사람, 어제 우연히 만났던 사람인데 자다 일어나보니 먼저 가고 없더군요."

그 소리에도 그들은 킥킥거렸다.

"에잇, 그 사람!"

"그냥 가다니. 그 사람, 나쁜 사람 아니에요?"

"그래도 동행은 동행일 텐데?"

"그냥 일행이었던 거죠."

그러자 말잔치가 벌어졌다.

"동행이나 일행이나, 그게 그것 아냐?"

"그러고 보니 그렇기도 하네."

짧은 말이었지만 간단하게 몇 마디 말로 내가 설명하게 된 결과였다.

배낭을 정리해서 일어나는 그녀들은 한껏 기분이 고취된 분위기였다.

하나가 소리쳤다.

"와! 이런 데가 있다니! 내 세상이야. 이 사막에 언제 또 오겠냐!"

"사막은 비어 있는 곳으로 생각했었는데, 아냐. 비워놓고 기다리는 곳인 것 같애!"
"그러게 말야."
"야, 후~!!"
"야~, 야, 후후~~~!!"
그녀들은 있는 대로 재잘거리고 웃고 떠들고 깔깔거렸다. 곁에서 보기에 눈부실 지경이었다. 모두가 철부지들에 다름 아니었던 것이다.

그녀들의 말은 복잡하지 않았고 분명하지도 않았지만 그래도 무슨 뜻이든 서로간의 의사 전달에는 문제가 없던가 보았다. 그냥 웃기 위해 하는 말이었고 웃기 위해 깔깔거리고 그렇게 해서 또 함께 웃어대던 것이었다.

어느 구석에는 천진난만하기 짝이 없었다.

그들 중에 한 사람이 자기들을 소개했다.

"난 에밀이에요. 프랑스 사람이고요. 그리고 이 사람은 샌디 이탈리아. 다음에 길메어는 벨기에 사람이에요. 그리고 우리는 모두 학교에서 학생들을 가르치는 선생님들이에요."

좋게 말하자면 글로벌하던 것이라고 할까. 그래서 과히 국제적인 구성원이었다. 나쁘게 말할 때면 잡종 내지는 혼합종(混合種)들이겠지만.

그런 것 말고는 그 이름들이 금시 내 머릿속에 그대로 각인이 되던 것은 아니었다.

이번에는 내 이름을 말해야 할 차례였다.

"난 한국에서 왔고요. 이름은 설작래(薛爵來)라고요. 그래서 그냥 미스터 설이라고 부르면 돼요."

그랬으나 그들은 내 이름 따위에는 별 관심이 없는 것 같았다. 듣는 둥 마는 둥이었다.

다시 저들끼리 계속 끼들거렸다.

나는 그들의 대화를 한 번 끊어 놓겠다는 생각으로 별 필요는 없지만 화제에서 벗어나지는 않은 말로 운을 떼었다.

"선생님들이라면…, 이렇게 여행 할 시간이 있는가 보죠?"

"그렇죠. 방학 때가 아니더라도 모두 연가를 냈는걸요."

"그런가요?"

"그래요. 난 고등학교지만 저 샌디와 길메어는 중등학교예요."

자기들을 소개하는 것부터도 그침이 없었다.

그런 천진함은 어디서 오던 것일까.

이건 내 짐작이지만 여행이라는 것을 통해 평소의 생활에서 풀려나 해방감을 만끽하던 것으로, 스트레스를 해소하고자 하던 것은 아닐까. 여행은 사람을 그렇게 단순하게 만들기도 했으니 말이다.

그들은 자유로움을 확보하고 즐기기 위해 여행을 하던 것인 듯했다. 어떻게 모였던지는 알 수 없지만 제각기 국적이 다른 데도 용케 영어로 통일하여 대화나누고 있었다. 그런 가운데 나 역시 영어로 끼어들어 대화에 별 장애 요인은 있지 않았다.

언어는 문제가 되지 않는다 하더라도 나는 그들의 웃음 밖에 있어야 했다. 즉 종이 다른 관계로 말이다. 나는 여자가 아니고 언제까지나 남자라는 사실로 해서였다.

그때까지 나는 그들의 정서적이며 감정의 동반자가 되지 못했다. 무딘 감성 때문이 아니더라도 나는 그들에게 예외자일 수밖에 없었다. 그렇지만 나는 그들과 함께 동참하는데 있어 후회하지 않았다.

"세 사람은 왜 사막을 여행하게 되었지요?"

내 아날로그 감성이 수치심을 무릅쓰고 처음으로 발동을 해서 그렇게 묻게 되었다.

"우린요, 약속의 땅 유토피아를 찾아 나선 거라고요."

헤헤거리며 거침이 하는 소리였다. 그 말은 세 사람이 동시에 말하던 것이었다.

그러니까 그녀들은 유토피아를 찾아 나선 원정대이던 셈이었다.

"뭐라고요? 이 사막에서 약속의 땅, 유토피아를 찾겠다니? 그 꿈, 대단하군요?"

그러면서 나는 감탄하는 빛을 보이기로 했다. 어쩌면 허망하다고 해야 할 말을 그렇게 했던 것이다. 그녀들의 대답은 내가 바라던 것과는 너무 딴판이었지만 거기에 개의할 생각은 없었다.

그때 길메어가 나서며 하는 소리였다. 나를 향해서였다.

"사막에 과연 유토피아가 있을까요, 하는 말을 왜 하지 않는 거죠?"

나는 그녀의 말뜻을 알지 못해 난감했지만 그냥 비시시 웃을 수밖에 없었다.

"없으니까 찾아 나선 것 아니겠어요?"

그 말은 샌디가 했다.

그녀들은 서로 간에 말을 맞춘 듯이 이 말 저 말을 두서없이 하던 것이어서 자칫했다가는 웃음거리가 될 노릇 같았다.

"그런데 없는 줄 알면서 왜 찾아 나선 거죠?"

나는 간신히 그 같은 반문을 하게 되었다.

"그러니까, 없으니까 찾으려는 것 아니겠어요?"

에밀인가 하는 여자가 하는 말이었다.

말은 맞는 것이라고 할까.

"그런데 없는데 어떻게 찾아요?"

"뭐라고 할까요, 그러니까, 산타클로스가 있어서 산타클로스예요. 없지만 어린이들의 동심을 보호하기 위해 있다고 하기로 한 것 아니겠어요? 나중에 커서 보면 산타클로스가 없다는 건 다 아는 사실이지 않겠어요. 그런 뜻에서 하는 말이에요. 꿈을 잃어버리기보다 있다고 생각하는, 삭막한 우리들 삶의 동토에도 꽃이 필 수 있다는 희망을 잃지 않게 하려면 그 꿈을 보호하기 위해서라도 어딘가에 유토피아라는 정신적 신대륙, 샹그릴라 같은 곳이 존재한다고 하는 게 없다는 것 보다 좋지 않겠어요?"

비로소 나는 내가 한수 낮다는 것을 절감하게 되었던 것이다. 완전 케이오 패라고 자인하지 않을 수 없었다.

"결국, 그건 속이자는 것 아니겠어요? 맞죠?"

그러면서 샌디가 내게 동의를 구하는 그런 투로 말을 이어갔다.

"뭐 꼭 속이겠다는 것은 아니지만 기대치의 한계, 그리고 인간은 적당히 속아 줄 줄도 알아야 한다고 생각해요. 속아주는 것은 모자람이 아니라 성숙함이라고 할까요. 그리하여 인간을 아름답게 하는."

없으니까 찾는다는 것부터 내가 생각하던 영역 밖의 문제인 것 같았다.

"쳇, 에밀과는 아주 죽이 맞으시군."

그러자 에밀이 발끈 했다.

"야! 너, 정말 그럴 거야?"

그러던 끝에도 그들은 또 꺄르르, 웃었다. 없을지도 모른다는 것에 대한 우려나 고민 따위는 하지 않는다는 눈치들이기도 했다.

저 활달하고 발랄함은 마치 자신들이 세상의 주인이라는 듯 했다.

나는 그들과 동행하면서 안도감을 찾게 되었고 뭔가 든든함을 느끼게 되었다. 그렇지만 대개의 사람들처럼 그냥 나그네일까 하는 생각만은 어쩔 수가 없었다.

세상을 한 번만 살다가는 나그네라면 저렇게 웃는 것만으로 만족할 수 있지 않을까 하던 것은 부러움에 찬 내 감정이었던 것이다.

내가 알기로 유토피아란 그리스어(語)로 '어디에도 없는 곳'으로, '존재하지 않는 곳'이라는 뜻이기도 했다. 그녀들이라고 그것을 모를 리는 없을 것이었다. 여기서 궁금하던 것은, 존재하지 않는 줄 번연히 알면서 찾겠다고 우정 나선 그녀들의 본의가 무엇이더란 말인가이다. 그녀들이 유토피아를 찾아 나선 이유가 궁금했다.

　세상 어딘가에 유토피아가 있다면 그곳은 어딜까. 그들은 지금 '어디 일까'하는 그곳을 찾고 있던 것이다.

　그러던 다음, 나는 거기서 마치 나를 세워놓고 묻는 것만 같은 느낌을 받았다. 무언가 다르면서 같은 것도 있는가 하면 또 다르면서 같은 것도 같은 그 이상한 무엇 말이었다.

　무엇이더란 말인가. 그녀들이 의도한 공통점 거기에 내 인간의 어떤 것도 포함 되던 것이 아닌가 하는 생각을 지울 수가 없었다.

　불안과 고독, 누구와 더 함께 할 수 없는 존재감의 무엇, 그걸 다른 말로 고독이라 하던 것은 아닌지 모를 일이기도 했다. 고독은 존재의 본질로 그 그림자는 아닐까. 인간의 삶을 따라다니며 장식처럼 스며들고자 하던 그 정체. 가족이 있는 내가 가정에서 느꼈던 것, 왠지 가족들로부터 마저 밀려나 소외되었던 감정의 정체, 그런 것으로 해서 인간관계가 빚어내던 것, 대화에서도 포함되지 않았고, 둘러앉는 밥상머리에서 조차도 생소하던 그것, 마치 관중으로 들이찬 경기장에서 질러대는 함성 밖으로 밀려나 외톨이가 되었던 경험,

　흔히 하는 말로 풍요 속의 빈곤이며 군중 속의 고독이라 하던 그러한 것이 그녀들을 이 사막으로 불러내었던 것은 아닐

까. 그런 것은 어디서 오는 것일까. 삶의 무게, 그렇다. 삶의 무게로 해서 그러던 것은 아닌지 모를 일이었다. 그렇지만 접답이라고 할 수는 없었다.

나는 정답을 찾지 못했다.

인간이 삶의 무게를 느끼는 것은 다하지 못한 무언가에 대한 경의에서 오던 것은 아닐까.

"새벽에 떠난 그 사람은 무엇을 찾으려 하던가요?"

그제서야 나는 간신히 남자에 대해 설명하게 되었다.

"그 사람은 밤하늘에서 별을 따려고 했다가 실망하던 걸요."

그 말에 그녀들은 귀가 쫑긋해 했다.

"어머머. 그래서 어쨌나요?"

"못 땄던 거죠."

"별을 따서는 뭘 어쩌겠다는 거예요?"

"아내에게 주려고 한대요. 실망 시킨 아내에게 보답으로 말입니다."

"어머머. 이 지구상에 아직 그런 남자가 존재한다니. 별 일이야. 연구대상 아냐?"

"그런 순정적인 남자가 있다니. 지구는 역시 살만한 곳인가 봐. 그런 남자가 아직 남아 있다니 기꺼운 일 아냐?"

나 역시 아내를 처음 만나서는 별을 따 주겠노라고 했었다. 그랬지만 따 주지 못한 남자였다. 사랑하는 여자에게 별을 따 주려 했지만 능력 부족으로 따주지 못한 남자가 이 지구상에 어디 한둘이겠는가.

비록 거짓말일망정 아내를 사랑할 때, 남자들 누구나 하는 소리가 그런 거짓말일 테니 말이다.

그런 아내는 내 부정(不貞)에 조차 관심을 보이지 않았다. 그건 무시하고는 달랐다. 차라리 질책했으면 좋으련만 그렇지도 않았다. 무관심한 여자가 되었다. 마치 관대한 듯 했지만 따지고 보면 그 같은 아내의 행동, 그건 관대함도 사랑도 아니었던 것이다. 무시였고 무관심이었던 것이다. 때 묻은 세월로 인해 여자도 무심하게 그렇게 변하던 것이었다.

아내는 질책하지도 않았지만 용서하지도 않았다. 지금은 아내가 여자라기보다 자신에 관한 스캔들이 세상에 알려지는 것을 지극히 경계하고 두려워해서 은폐하는 데만 급급하던 공직자에 지나지 않았다. 공직자에게 흠결이 되는 사항은 아내에게 기피 대상이었다. 아내와는 부부간의 육밀(肉密)한 관계를 가져 본 것도 오랜 세월 저쪽의 일이 되었다.

부부관계가 이루어지지 않은 부부란 막힌 골목길이나 다름없었다. 냉랭한 부부 사이로 예사로 바람이 지나다녔지만 아내는 괘념하지 않았다. 그 바람은 계절풍은 아니었다. 그런 아내와 한 집에서 산다는 것 자체가 고통의 연속이기만 하던 것이었다. 아내는 타인이나 다름이 없었다.

우루루, 해서 걷기 시작했다. 혼자 걷는 때 보다 뭔가 홀가분했다. 빨리 가려면 혼자가고 멀리 가려면 함께 가라는 아프리카 어떤 부족의 말이 틀리지 않은 것 같았다.

혼자서 걷던 때보다 어울려서 걷다 보니 힘도 훨씬 덜 드는 기분이었다. 그렇지도 않을 텐데 말이다. 해가 저쪽 지평선에서 솟아 머리 위로 옮겨오는가 하더니 땡볕이 시작 되었다. 내가 선 자리에서 두리번거리자 그들 중에 한 사람이 왜 그러냐고 물었다. 그래서 아까 여기까지 같이 왔던 내 그림자가 없어졌다며 낯선 길에 혼자 어디로 갔는지 걱정이라고 하자 또 한 차례 꺄르르, 웃음보가 쏟아졌다. 그런 다음 그 그림자를 지금 거기 밟고 섰는 것은 누구냐고 했다. 그러고 보니 그림자는 내 발 아래에 있었다.

나는 황급히 한 자국 물러나며 발을 옮기게 되었다.

"오, 불쌍한 내 그림자. 어제는 온종일 나를 따라오느라 고생이 이만저만이 아니었을 텐데."

그들의 웃음소리에 맞춰서 나는 마치 연극 대사를 하듯 그렇게 한바탕 늘어놓았던 것이다.

"호호호…, 재미 있네요."

#〈 〉
사막을 걷는 것은 고독과의 싸움이었다.
오늘은 그 고독을 조금씩 나눠서 걸었던 하루였다.
낙타를 이용하지 않는 것이 무리라는 생각은 오늘도 어쩔 수 없었다. 그러나 지금은 후회일 뿐이었다.
그냥 묵묵히 걷는 길, 그건 고난과의 싸움이기도 했다. 그 싸움에 이기고 지는 결과는 존재하지 않았다.
재잘거리던 그녀들도 자연히 말수가 줄어들었다. 제각기 걷고 있다는 것으로 대열을 이루었지만 가끔씩 말을 하지 않아 침묵이 길어질 때도 없지 않았다.
다들 어깨가 축 늘어진 모습들이었다. 어깨가 늘어진 것은 배낭의 무게 때문이었다. 그렇지만 배낭을 벗어버릴 수는 없었다. 마찬가지로 인생을 사는 데 있어 삶이라는 무거운 짐을 벗어버리고 살아갈 수는 없는 일이었다.
삶의 무게가 버거워 비틀거리는 인생길. 누구도 배낭 없이 여행길을 나설 수 없듯이 삶의 무게를 벗어버리고 인생을 살아갈 수는 없는 일이지 않겠는가.
그때 문득 떠오른 생각, 그 생각은 바람 앞의 깃발처럼 가슴을 흔들며 펄럭이던 것이었다. 나는 이 길을 여행이라는 이름으로 포장해서 나서기는 했지만 무엇을 찾으려 했던 것인가 하는 그런 류였다.

내가 찾으려 하던 것, 언제부터인가 가슴에 있었지만 뭐라 이름 지어지지 않는 그것, 그렇다. 그건 꿈이라고 해도 좋았다. 내 꿈은 형태를 알 수 없는 그런 무엇이었던 것이다. 인간으로서 나는 무엇이 되고자 했던가 하는. 막연히 가슴 설레는 무엇을 인간으로서 내 꿈이라 할 수는 없지 않겠는가.

나는 그렇다고 할 수 없었다. 그렇다면 나는 꿈이 없는 인간이었던 것일까. 꿈이 박제(剝製)된 인간.

그때 모두의 귀에 들어 갈 만큼 큰 소리로 앞서 가며 외치던 것이 길메어였다.

"이거, 산다는 게 죽을 맛이잖아? 안 그렇냐?"

그렇게 외치던 길메어의 말을 받아서 다시금 고함으로 시작된 말들이 행진을 이루었다.

"우리, 나중에 죽어서 무엇을 할까?"

"얘는, 뭐하긴. 할 게 뭐가 있냐?"

"아냐. 죽어서 난 잠만 잘 거야."

그녀들의 떠드는 소리.

듣고 보니 그랬다. 죽는다는 것은 단순한 문제였지만 어째선지 이때는 그렇지 않았던 것이다.

　누구나 죽는다는 것, 그렇지만 죽어서는 무엇을 할 것인지는 아무도 생각해 보지 않았고 그래서 누구도 알지 못하는 문제였다.

　인간은 영원한 존재가 아니었다. 그걸 지금까지 잊고 있었던 것뿐이었다.

　"죽는 것은 죽을 때 생각할 문제야. 죽을 때까지 나는 살아 있을 거니까."

　"죽는다는 것은 인간 해방이잖아. 맞아?"

　"인간 해방? 해방이 그렇게 되나?"

　에밀이 되짚어서 꼽씹었다.

　"이 지긋지긋한 삶이라는 것으로부터 해방 시켜주는 것이 죽음이잖아."

　"그렇다면 고맙기도 하겠다."

　정말 그럴까. 죽음은 인간에게 해방인 것일까.

　나는 그 말로 해서 백주에 당황했다. 마치 실제 죽음을 체험적으로 실감하는 것 같은 느낌이 그때의 기분이었다. 사실 죽음은 그리 생각하지 않았던 것이다. 그 동안 삶에 대한 불평만 했지 죽음까지 생각하고 심각해 하지는 않았던 것이다. 죽음을 옆에 두고 어떻게 삶만 챙겨서 말할 수 있더란 말인

가. 실책이었다. 그 실책은 너무나 큰 충격이 아닐 수 없었다.

나는 마치 뒷통수를 한 대 얻어맞은 것만 같은 기분이기까지 했다. 그러나 나의 그런 충격은 그녀들에게는 아무런 영향도 미치지 않았다.

그래서 내가 한마디 하기로 했다. 소위 개똥철학을 꺼내들었던 것이다.

"사람이 먹기 위해 사느냐, 살기 위해 먹으냐, 다들 어느 것이 정답이라고 생각하시는지요?"

그 말을 길메어가 받았다.

"먹기 위해 살기도 하고 살기 위해 먹기도 하는 것 아니겠어요?"

처음부터 정답이 있던 것은 아니었다.

"정답은 있을 수 없는 것이라 답은 각자의 인생관에 달려있다, 라고 하겠습니다."

쭉 하니 일렬횡대로 걸어가는 모습은 늦은 가을 하늘 저쪽으로 날아가는 기러기떼를 연상케 했다.

누가 보았다면 장관이었으리라. 그러나 실은 다들 숨이 차고 지쳐가던 것이었다.

사막에는 따로 길이 없어 모래벌판을 걷는 것이라 어려움이 많았다. 어쩌다 운 좋게 남겨진 자동차의 바퀴 자국이 있는 경우 좋은 길이 되었다. 사람들이 바퀴 자국을 찾아 걷고자 하던 것은 모래밭에 발이 덜 빠진다는 이유 때문이었다.

나는 어제 그 남자가 있었으면 좋았으리라는 생각을 하게 되었다. 여자들 속에 남자 하나라는 내 존재의 외로움은 이상하게 그 남자를 생각하게 만들었다. 아내에게 별을 따 주겠다는 남자는 어찌보면 천진하도록 순진한지 모르던 것으로 말이다.

그 남자는 지금도 아내에게 별을 따다 주는 꿈을 버리지 않았는지 모를 일이었다. 그건 잠재적으로 아내에 대한 내 자신을 되돌아보게 하던 것으로 어쩌면 내 콤플렉스 때문이 아닐까.

사실 이실직고를 하자면 그 남자가 자신의 아내에게 별을 따다 주려했을 때 나는 처음부터 내 아내를 생각하게 되었고 그 반작용은 끝내 나를 거기서 헤어날 수 없게 했던 것이다.

나는 돌아갈 때 아내에게 어떻게 해야 할지 몰라 갖가지 생각에 골몰했었다. 그러다가 도중에 만난 그녀들의 웃음소리에 묻혀 잠시나마 그와 같은 집념에서 헤어날 수 있었다. 게다가 혼자 걸을 때보다 힘이 덜 드는 것 같았다.

사막에서 역시 동반자가 소중하다는 걸 알게 되었다. 사막을 걷겠다는 이유 가운데 나름의 여러 생각들을 정리하는 시간을 갖고자 했으나 지금까지 그러지 못했고 나는 그저 멍하니 떠 있는 꼴이기만 하던 것이다.

걷다 보면 꼭 그렇지만도 않은 어떤 막연함이 가로막던 것도 사실이었다. 그런 것 중에 나를 가장 몰아세우던 것은 아내에 대한 내 처신이었다. 그동안 아내를 그렇게 몰아갔던 내 처신에 잘못된 점도 있었다는 것을 비로소 알게 된 것이 거기서였다. 나는 이때서야 그것을 인정하지 않을 수 없었다. 그래서 일말의 후회가 따르지 않던 것도 아니었다. 그러다 생각에 다다른 것이 이 사막을 아내와 함께했다면 그녀는 어떤 생각을 할까였다.

인가 하나 보이지 않고 그래서 사람이라고는 살지 않는 광활한 사막이지만 눈에 들어오는 것은 모래만은 아니었다. 단순하리라고 생각했는데 단순하지 않던 것이 사막이었다. 사막은 그렇게 난해하기도 했다.

사막은 걷는 것이 아니라 그냥 가던 것이라고 할 수밖에 없었다.

한 발자국, 또 한 발자국씩 옮겨놓는 그것이 가는 것이었다. 그렇게 반복 행동을 기계적으로 거듭하는 사이 몸은 앞으로 나아가고 있었다.

걷고, 또 걷는 동안 인생을 생각하고 세상을 생각하고 두고 왔던 오만가지 잡념들마저 얼마나 외로우냐며 몰려들었다. 모래알 같이 많은 것들, 그 모래알이 쌓여 사막을 이루었다는 것.

사막은 평범할 것 같으면서 전혀 평범하지 않았다. 그래서 볼 것이 없을 것으로 알았는데 볼 것이 너무 많기도 했다. 사막은 그렇게 이중적이었던 것이다.

인생은 외길이라고 했는데 사막은 외길이 아니었다. 어디든 걸으면 길이 되었으니 말이다. 인생도 그렇게 폭넓게 생각할 수 없을까. 인생이란 돌아가는 길이 없는 곳. 좌회전 우회전도 없지 않았다. 그냥 앞으로만 향해 걷는 길, 직진의 길. 그것이 인생이었다. 어디 이뿐이랴. 어디선가 끝날 것이지만 언제 끝날지는 모르는 길. 사막과 인생은 그런 모습에서 닮은 것도 같고 또 한편으로는 닮지 않은 것도 같았다.

가도 가도 끝이 없는 모래 벌판, 앞을 가로막는 것 같은 아득한 지평선. 그래서 사막은 오직 사막뿐이었다.

사막에서 밟히는 것은 전부가 과거였다. 미래는 보이지 않았다. 바람과 모래는 미래를 만들지 못했기 때문이리라.

이제 일행은 모두 네 명으로 여덟 개의 발자국이 모래 위에 남겨지게 되었다. 그 발자국이 지워지지 않는다면 훗날 역사가 될지 모를 일이었지만 그러나 사람의 발자국을 끝까지 허용하지 않았다. 그다지 달가워하지도 않았다.

가끔 한 줄기씩 불어오는 바람으로 해서 발자국은 이내 흔적을 남기지 않게 되었다. 네 사람은 일렬종대로 서서 걸었다.

서쪽으로 해가 넘어가고 있었다. 무릇 아침에 솟아 중천에 떠서 이 땅의 애환을 지켜보다 싱겁게 넘어가버리는 태양을 비난하거나 원망할 수는 없었다.

앞에 조그만 모래 언덕이 나타났다. 앞서 가던 사람이 걸음을 멈추고 서서 뒷사람에게 전달했다.

"우리, 오늘은 여기서 그만 멈추는 게 어때?"

일행들이 대답 대신 그 자리에 주저앉았다. 다들 웬만히 지친 모습들이었다.

나도 멈추게 되었다.

조그만 모래 언덕에 등을 대고 비스듬이 기대서 땀 흘린 몸을 눕히고 보니 세상 또 이보다 편한 곳이 있을까 싶었다.

눈은 저절로 감겨져 왔다.

어느 새 해는 떨어져 가고 있었다.

어두워지면 모닥불을 피워야 했다.

사막에서 모닥불은 통과 의례와 다를 바가 아니기에 반드시 피워야 했고 그러자면 땔감을 구해야 했다. 땔감 구하는 것은 쉽지 않았다. 다들 이리저리 헤매며 끌어 모았지만 재료는 그다지 많지 않았다.

불을 지피고 어둠을 지켜낸다는 것은 인간의 의지이면서 지혜였다.

어둠이 내리고 모닥불이 타오르면서 일렁일 때는 우리들 심성으로부터 뭔가를 불러내는 것도 같았다.

둘러앉은 일행 가운데서 가느다란 콧노래가 흘러나오던 것이 처음이었다. 그 다음에 두 사람이, 또 세 사람이 노래를 부르고 손벽을 쳤다. 그러다 꿔다 놓은 보릿자루 같은 내 모양이 보기 어땠던지 나를 지목해서 한 곡 부르기를 강권했다.

나는 사양을 하다 일행이라는 의무감에서 노래를 하나 부르게 되었는데, 돼지 멱따는 소리에 실어

넓고 넓은 바닷가에 오막살이 집 한 채.
고기잡이 아버지와 철모르는 딸 있네.
내 사랑아, 내 사랑아, 나의 사랑 클레멘타인,
늙은 아비 혼자 두고 영영 어딜 갔느냐…….

클레멘타인을 우리식 버전으로 부르게 되었다.
미국 서부 지방의 어느 극빈한 노동자가 사랑하는 딸을 잃

고 불렀다는 애절한 노래였다.

번안된 가사라 그녀들은 알지 못하더라도 애절한 곡은 익었던 터라 부르는 대목에서는 함께했다.

노래가 끝나고 박수도 끝나는 즈음이었다.

길메어가 불쑥 말을 꺼냈다. 나를 향해서였다.

"한국이 어디쯤에 있지요? 필리핀? 인도네시아……? 어디에요?"

그들은 위도상 한국의 위치를 알지 못하던 것이었다. 그 말을 시작으로 우루루, 해서 쏟아지던 말들.

"얘는. 중국과 러시아 일부와 연접해 있고 일본과의 사이에는 바다가 있어 독립적인데 왜 그래?"

그제서야 나는 마음 놓고 한마디 하게 되었다.

"그렇습니다."

"우리가 그렇게 몰랐나?"

"그럼, 노스 코리아예요? 사우스 코리아예요?"

그 소리에 나는 그만 정신이 번쩍 했다. 뭔가 이거, 아니구나, 하는 생각이 번개처럼 휘몰아쳤다.

"물론, 자유 민주주의 대한민국이죠."

그들은 그 외에는 별 신경을 쓰지 않는 눈치였다.

"한국에서 이런 여행을 할 수 있는 사람이라면 특수 계층이 아닌가요?"

나는 그만 입이 딱, 벌어지고 말았다.

"특수 계층이라고요? 여행이란 아무나 할 수 있는 것 아닌가요? 여건만 허락된다면 말이요."

"한국에는 그런 자유가 없잖아요? 동남아 여느 국가들처럼 군사 쿠데타로 국민을 탄압하고 독재를 자행해서 말예요. 아닌가요?"

그 말에도 나는 앗, 했다.

"정치적 현실을 말한다면 다소 그럴지 모르지만 전반적인 국민 생활은 전혀 아닌걸요. 한국은 정치적인 이슈만 건들이지 않는다면 아무 규제도 받지 않는 자유로운 분위기로, 자유방임주의적 사회라 할 수 있습니다. 한국은 자본주의 자유 민주주의를 신봉하는 국가니까요."

나는 열심히 설명했다. 그러다 보니 내 자신이 이상하다는 생각이었다. 한국이 독재 국가라고 생각하든 말든 나와 무슨 상관이 있어 그랬던 것일까. 그런데도 내 어디에서 발작적으로 반응한 것이다.

나는 내 자신에게 놀라지 않을 수 없었다. 생각해 보아도 내가 왜 그렇게 발작적으로 반응을 해서 놀랐던지 도무지 이해가 되질 않았다. 누구나 외국에 나가면 애국자가 된다는 말들을 했다. 정말 그 꼴이었던 모양일까.

　내 존재의 그런 이유를 아는 다른 사람은 아무도 없었다. 나 역시 명확한 것은 알지 못하던 것이었다.

　"아, 그런가요? 어쩌다 외신이 한 번씩 전하는 걸 보면 한국에는 자유가 지극히 제한될 뿐 아니라 공산주의를 배격하는 반공을 구실삼아 자유며 인권에 대한 탄압이 심하다는 평이었던 걸요. 개인의 자유며 인권을 말살한다는 등……."

　그들은 한국의 사회적 현실에 대해 밝지 않은 것으로 생각했는데 그렇지도 않았다.

　그들은 신랄했다. 그래서 짐짓 나는 몰매를 맞는 기분이기도 했다. 왜 그랬던지 모른다. 나는 그럴 처지에 있는 사람도 아닌데 말이다.

　묘한 순간이고 또 묘한 기분이었다. 그 기분이며 경험은 쉽게 설명할 수 없는 그런 것이기도 했다

　그러니까, 나도 모르게 내가 정신적 방향 전환을 했던 것이라고 할 수밖에 없었다. 그게 말이 되기나 하던 것일까.

　1980년대 우리나라 정치 권력은 군부가 장악하고 있었다. 그래서 독재가 횡행했다. 때문에 도처에서 함성이 터져 나오고 자유가 아우성을 치고 침해당한 인권이 비명을 지르던 시기였다. 민주주의가 훼손되는 것은 예사였다. 나는 그 시절

에 기자로 몸담고 있었다. 기자로 살면서 나는 시대와 불화했지만 내 자신과도 화해하지 못했던 것이다.

나는 처처히 집권 세력에 맞서 반기를 들었으므로 그들 눈에 가시가 되었다. 그래서 반체제적 요주의 인물로 블랙리스트에 까지 오르게 되었다.

그런 내가 한국이 독재 국가가 아니라고 하는 말은 모순이고 기만이었다. 그것을 모르지 않으면서 그때 나는 그런 말로 분위기를 잡으려 하던 것이었다. 무릇 신기하던 것이라면 그런 내 꼴이라 할 수 있었다. 참으로 인간의 변화무쌍함이었다.

나도 놀라지 않을 수 없었던 내 처신. 나중에야 나는 그것을 내 피가 한국인이기 때문이라고 생각하게 되었다. 그런데 뭐가 한국인이란 말인가 하는 데는 나도 할 말이 있지 않았다.

한국인, 그렇다. 나는 한국인이었다. 그렇지만 한국인 피가 여느 외국인과 무엇이 다른가 하면 할말이 없었다.

그렇지만 할 수 있는 말이라면 흔히 피는 속일 수 없다고들 하지 않겠는가. 무엇이 한국인의 피인가 물으면 뭐라고 할 것인가.

아무튼 나는 한국인이 분명했다. 내 스스로가 생각해도 그랬다. 놀라운 일이 아닐 수 없었다. 그건 가히 새로운 발견이라 하지 않을 수 없었다.

내 피가 한국 사람의 피였다는 사실. 그런데 다시 말하지만 한국 사람의 피는 무엇이고 어떤 것인가. 거기에 대해 말하라면 할 말이 있던 것도 아니었다. 어처구니가 없었다.

그렇다. 내가 한국 사람이란 것은, 같은 언어를 사용 하고, 같은 얼굴 모양이며, 같은 땅에서 같은 문화를 누리며 생활한다는 것, 같은 역사를 배태하고 같은 땅에서 살고 있다는 것.

그러다 나는 내가 어쩔 수 없는 한국 사람이며 그건 끊을 수 없는 무엇에 묶여 있다는 것을 알게 되었다. 흔히 하는 말로 어쩔 수 없게도 나는 한국 사람이라는 사실 말이었다. 그것은 무엇으로도 설명할 수 없었지만 또 부인할 수도 없는 사실이기도 했다.

내 모순은 그녀들이 한국은 독재 국가라고 했을 때 발작을 하듯 경련을 일으켰던 것에서도 볼 수 있었던 것이다. 독재 국가라는 말은 일단은 부인 할 수 없는 사실이지만 그것을 인정하기를 거부하던 어떤 것. 거기에 한국인이라는 무엇을 부인할 수 없는 무언가가 흐르고 있었는지 모른다.

그때쯤 나는 엉뚱해져 있었다.

부끄러운 일은 아니지만 부끄럽게 생각 되었다.

자유를 지키고 쟁취하는 것은 저항에서부터 시작하는 것이지 않겠는가 하는, 그걸 나는 강조하고 싶었던 것이다.

나는 내가 한국 사람이라는 것을 그들에게 강조하기로 했다.

"한국 국민은 자유 민주주의를 목숨처럼 생각하고 자유와 민주주의와 연관해서 그 가치를 공유하고 지키기 위해 독재 정권과 피 흘리며 싸운 역사를 갖고 있기도 해요. 한국 사람은 자유의 수호, 인권의 신장을 위해 어떤 권력 앞에서도 양보하지 않습니다."

"호오. 그래요? 설. 그럼, 그때 당신은 어디에 있었어요?"

나는 또 한 번 정신이 번쩍했다. 난처했다. 난처했지만 어쩔 수 없었다. 그렇다. 거짓말이더라도 어디에 있었다는 것은 밝혀야 사리에 아귀가 맞을 것도 같았다.

나는 그만 나를 탄로당하는 기분이었다. 그렇지만 어쩔 수 없었다. 스스로 실토하지 않을 수 없는 처지. 어떻게 할 수가 없는 일이기도 했다.

별 것 아니지만 나는 용기를 내기로 했다.

"그러고 보니 어쩔 수 없군요. 나를 고백해야 되겠군요."

"…고백? ……호호호……. 재미있군요. 한 번 해 보세요."

마치 기대된다는 표정들이었다.

"나는 한국에서는 야당지로 평가 받으며 공명정대한 언론의 본령을 지키고자 하는 R신문 기자였지요."

그러다 나는 내 자신의 무엇이 송두리째 탄로나는 걸 알게 되었다.

그러다 어쩔 수가 없다고 생각한 다음 이실직고 하듯 지금까지 나는 기자로 근무했으며 지금 여기에 여행하고 있던 것은 나를 실험하기 위한 것이라는 다소 애매한 모호한 부분까지 간략하게나마 털어놓게 되었던 것이다.

"오호…. 그러셨군요. 우리가 너무 경솔했던 것 아닌가요? 죄송해요."

그녀들은 말이나마 간단히 그렇게 했다.

"나는 한갓 기자라는 내 힘으로는 독재와 싸우거나 자유민주주의를 지키는 데는 역부족이라는 걸 알고 좌절했던 거죠. 내 인간적인 역량이며 능력은 거기까지였습니다. 행동하는 양심도 허식에 지나지 않았으며 어떻게 할 수가 없었다는……. 그제서야 나는 인간적인 좌절을 맛보게 되었고 기사로 저항하는 기자로, 겨우 연명해서 견디고 있던 끝에 사표를 내고 말았던 겁니다. 그래서 이제는 기자도 아닙니다. 나는 자유인입니다."

"그런 말도 있잖아요? 기자는 애완견이어서는 안 된다고,

언제나 감시견이야 한다고 했지요."
 나는 그녀의 말을 받아서 하게 되었다.
 "기자의 사명은 원해서 하는 게 아니라 해야 하니까 하는 거라고 하지요."
 그러는 사이 밤이 깊어져 갔고 거기서 에밀이 화제를 돌렸다. 그렇게 해서 나는 그 화제에서 무사히 벗어나게 되었다.
 "난 오늘 온종일 골몰했다니까."
 "왜, 무슨 걱정이 있었나?"
 그러자 다시 되받아 묻던 것은 샌디였다.
 "우리가 이 길을 가다 만약 신(神)을 만나게 되는 때면 무슨 말부터 해야 할까, 나는 그 생각이었다니까."
 "맙소사! 걱정도 무슨 팔자야."
 "왜 걱정이 아니냐? 인간으로서 당연한 걱정이지. 세상 하는 짓 한 번 봐."
 화제는 다시 옮겨져 무성하게 번지게 되었다.
 "아냐. 말을 해야 해. 우리가 왜 여기까지 유토피아를 찾아오지 않으면 안 되었는지 그것부터 따지고 말해야지. 안 그래?"
 "안돼! 그 말은."
 "왜 안 되냐?"

"갓난 아기의 코 밑 인중이 '쉿!' 하는 신의 표시라고 하잖아."

"그 표시가 뭘 어쨌는데?"

"그러니까, 세상으로 나가는 때면 신의 비밀을 절대로 발설해서는 안 된다는 지시로 말야. 그래서 인간은 지금까지 그 비밀 하나는 확실하게 지켜주는 걸 덕목으로 생각하는 거라고."

"어휴. 그런 약속 난 하지 않았어. 그 지시가 무슨 소용이야?"

"그래. 맞아. 할 말은 다 해야지. 그래서 호되게 따질 건 따져서 말야. 우리를 태어나게만 하고선 왜 이따위로 무책임하게 방치해 놓았느냐는 것도 말해야 해. 창조주로서 할 역할이며 책임을 진 게 뭐냐고 따져야 할 것 아냐? 할 말은 당당히 해야지. 안 그래?"

열을 내서 길메어가 하던 말이었다.

"난 그 생각까지는 못해 봤어. 정리가 되질 않았던 거지. 왜 그렇게 생각이 정리되질 않았는지 모르겠어."

"너무 복잡해서 그런 것 아냐?"

이번에는 샌디가 하는 말이었다.

"우리가 이번 여행을 계획하며 한 건 그게 아니잖아. 유토피아를 찾는다는 것, 유토피아가 정말 있는지, 있다면 어디 있는지 그걸 알아보고자 했으니까 그걸 물어 봤어야 하지 않을까?"

"그래. 그 말도 틀린 건 아냐. 그렇지만 유토피아는 우리 힘으로 찾아보자던 것 아니었냐? 그런데 뭘 그래. 처음부터 우리가 의기투합 했던 것도……, 잊었단 말야?"

"그렇기도 하네."

"우리가 찾아야 하는 건 신이니 하느님이니 하는 게 아니라 오직 유토피아라는 것, 우린 이번 여행에서 그걸 찾아야 하는 것뿐이야. 그러니 다른 생각은 말어. 그러다 괜히 옆길로 빠지게 돼."

"그래. 그게 맞는 소리야. 틀리지는 않았어. 그런데 이 사막을 걷다 보니 그렇네. 사막은 역시 다르다는 것."

"뭐, 끝없이 지루하고, 끝없이 걷기만 한다는 것. 이 적막하도록 외로운 사막의 길, 이런 길을 인생으로서 한 번은 걸어보는 건 전혀 의미가 없는 건 아닐 것 같다는 생각이야. ……그래서 뭔가 의미가 있는 것 아니겠어? 난 헛되지 않을 것 같아."

"역시. 한 번은 걸을 만한 가치가 있다는 건 동의하겠어."

"그래. '인간은 왜 태어났는가', '인간은 왜 살아야 하느냐'

하는 생각이 절로 떠오르더라고. ……인간에게 절체절명의 명제는 그것 아니겠냐?"

사람의 생각은 다르지 않는가 보다.

살아보아도 사는 게 무엇인지 알 수 없는 것처럼 사막 역시 알 수 없었다. 그냥 모래 벌판이라고 생각하려 했지만 그건 또 아니었다. 그렇지만 사막은 무엇 하나 해결해 주는 것도 없었다. 그렇지만 내가 이 사막에 대해 가진 인상이 있다면 사막은 단순한 불모지 모래의 땅이 아니라 오만한 자에게 준엄한 대가를 치르게 할 것 같은 잠재적인 경고를 가졌다는 사실이다. 그 준엄한 것이란 아직 우리가 경험하지 못한 한계 이상의 어떤 것이라 생각했다.

그때 곁에서 내가 한마디 거들었다.

"인간은 '왜 죽어야 하는가'하는 생각은 하지 않았던가요?"

"어머. 거기까지는 생각하지 못했는걸요. 내 생각이 짧았던가 보죠?"

"난 올 때 그따위 생각들은 모두 집에다 두고 왔어. 번거롭게 그런 걸 왜 갖고 다녀?"

다들 낮에 그토록 깔깔거릴 때와는 사뭇 달랐다. 비록 농담조였지만 그들은 진지하기도 했다.

"그런데 우리에게 산다는 게 중요하다는 걸 신은 알까."

"아마, 모를 걸……."

"왜 모를까?"

"신은 심각할 필요가 없을 테니 말이지."

"그래. 신이 왜 그 따위 생각을 하겠냐? 그건 어디까지나 인간의 영역인데."

"신은 처음부터 그런 것에는 관심이 없을 거야. 그래서 신경도 안 써. 그리고 신은 인간으로 살아보질 않아서 뭘 몰라. 인간살이를 알 턱이 없지. 안 그렇냐?"

"그럴까…? 신은 인간이 아니다……, 뭐 그런 뜻이구나?"

"그럼. 한 번도 인간으로 살아보지도 않은 신을 인간들은 왜 별나게 매달리며 찾는 거지?"

"그건 인간의 약점이기도 하지만 미덕이기도 할 테지. 인간은 자신의 겸양을 알거든."

"아냐. 인간은 같은 인간끼리 보다 신을 창조해서 의지하는 게 편리하기 때문일 거야. 그걸 누가 아냐."

"그렇다면 신을 찾는 것이며 인간을 구원한다는 것은 또 뭐야?"

"구원이란 본래 신의 본업이잖아."

"누가 그 본업을 허용했는데?"

"모르지. 모르잖아? 그건 신의 특허품이거든."

뒤죽박죽한 설왕설래는 끝이 없었다.

듣다 보니 나 역시 복잡했다. 그러다 나도 모르게 끼어들고 말았다.

그렇다고 토론을 하자던 것은 아니었다. 나 역시 그 문제에 있어서 같은 생각이라는 것을 표명하고 싶었던 것이 이유였다.

그랬는데 내 기회를 가로 챈 것은 샌디였다.

"어쨌거나 신을 만나도 그 앞에서 구질구질하게 무슨 구실 따위는 내세우지 말어. 변명은 인간을 구차하게 하는 거야."

그때 에밀이 제지하고 나섰다.

"우리 그런 얘기는 그만 합시다. 우린 유토피아를 찾아 나선 탐색팀이라는 것을 망각해서는 안돼. 이번 우리 여행의 목적은 오로지 그거야. 그 사실을 잊고 옆길로 가는 건 안돼."

이야기의 주제가 본의 아니게 엉뚱하게 전개 되는 것을 저지 하려 들었던 것이다.

그렇게 한참의 시간이 흐른 뒤였다.

"사막에 오아시스도 있다는 건 몰랐나요?"

그 다음 말은 내가 하게 되었다. 그러나 나의 그런 반론에 에밀은 반박하지 않았다. 그냥 고개만 끄떡였을 뿐이었다.

"유토피아란 어디에도 없는 곳이면서 또 있는 곳이라고,

그보다 사막에서 오아시스를 찾는 건 어떨까요?"

모닥불 주위로 둘러앉아 오순도순 이야기를 나누는 사막의 밤은 정겨웠다.

"존재하지 않은 것을 찾겠다는 것은 결국 허황된 꿈이라고 할지 누가 아나요……. 그렇지만 이번 우리들 여행의 목적이며 주제라는 사실을 명심하도록, 이상!"

거기서 또 한바탕 웃게 되었다.

나는 거기서 맞장구를 쳐 주기로 했다.

"그 꿈을 결코 허황된 것이라 할 수 없지요. 가치 있는 것이라 할까요? 존재하지 않기 때문에 찾고자 하는, 그 꿈. 없지만 있어야 하는 것에 대한 열망, 그건 우리 인간의 영원한 꿈이 아니겠어요? 인간이 처음부터 갈구하던 것이라면 없기 때문이었다고 할 수도 있지요. 신도 존재해서가 아니라 존재하지 않기 때문에 비판할 결점은 없고 숭앙(崇仰)하게만 되는 존재이지 않습니까."

"왜 그럴까요?"

에밀이 반가운 듯 웃었다.

모닥불에 비친 그녀의 그을린 얼굴 위로 안도의 빛이 지나가던 것은 그때였다.

"이를테면 실제 존재하는 대상은 어떤 것이든 곧 결점이 드러나 금방 흥미를 잃게 돼 신비감이 떨어지게 되지요. 그렇게 싫증을 느끼게 되지만 존재하지 않으니 잃을 게 없다는 것도 장점이거든요. 그래서 하는 말이라면 꿈은 실패할 수 있지만 그래도 꿈을 꿀 수밖에 없는 것이 우리네 인간의 어쩔 수 없는 숙명이지요. 우리 인간이 그런 꿈마저 꿀 수 없다면 우리들 삶은 황막하고 절망하게 될 테니 말입니다. 그래서 없지만 있다고 생각하는 그 꿈이 우리들 삶의 비상구와 다를 바 없고요. 만약 그것마저 잃게 되는 때면 우리 인간은 이 세상을 살아갈 수 없다고 해도 과언이 아닐 겁니다."

"우리가 처음 유토피아를 찾겠다고 한 것도 그런 뜻이 전혀 없었던 건 아니었어요."

"그러니까, 존재하지 않기 때문에 아무 결점도 없다는 것, 그래서 그 생명은 길게 변하지 않는 것은 물론 실증을 느끼지 않는다는 것, 유토피아란 꿈을 가진 인간만이 이 현실에서 꿈꿀 수 있는 것으로, 우리 인간의 영혼이 설계한 영토이겠지요. 누구나 살고 싶어 하는 곳, 병풍 속의 그림 같은 곳으로 말입니다. 무릉도원이니 샹그릴라니 존재할 수도 있던 것이라고 할까요."

불충분했지만 내 의견은 거기서 멈추게 되었다.

존재하지 않는 것을 찾아 나선 것을 이해하고 지지한다는 뜻도 거기에 포함했다. 그렇다고 이 사막에서 유토피아가 있다고 할 수는 없었다.

그때 미진한 내 말에 다시 토를 달았던 것은 에밀이었다.

"불가능하기 때문에 도전하기로 했던 것 아니겠어? 거기에 우리들 모두의 꿈이 있기도 하고."

"유토피아를 찾으면 어쩌겠습니까?"

"우리도 처음부터 뭐 꼭 있다고 찾으려 했던 것은 아니었으니까요."

"다시 말하자면 유토피아는 우리들의 허기진 환상에 지나지 않았던거죠."

"그렇군요. 허기진 환상, 이 시대의 우리들, 현실은 너무 팍팍하고 삭막하잖아요. 꿈이 없는 이 메마른 현실에서 삶의 탈출구로 꿈을 찾아보자는 것이었다고 하겠어요. 삶의 한계상황에서 꿈이 없다는 것은 삶의 알맹이가 빠져버린 것이나 다름없을 테니 말입니다. 유토피아를 찾겠다는 그건 결코 꿈이 없어서가 아니라 꿈이 있기 때문이라고 할 테죠. 안 그런가요? ……우리에게는 말입니다. 그래서 비록 없을 지라도 있을 거라고 생각하고 찾아보겠다는 게 처음부터 우리들의 뜻이었어요."

"지금까지 젖과 꿀이 흐르는 가나안의 땅이나 샹그릴라며 유토피아, 무릉도원 등 이상향이 있어서 찾겠다는 것은 아닐 겁니다. 존재하지 않으므로 우리들 인간의 꿈을 자극하고 그리하여 삶의 동기부여 등을 통해 고단한 삶을 위로하고자 하는 그런 무엇, 이루어 나가고자 하는 그런 것이라고 생각하면."

"있어서 존재하는 것이 아니라 없기 때문에 존재한다는 뭐 그런 말이군요?"

"그렇다고 하겠지요. 어찌 볼 때면 우리들 삶이란 바보들의 행진과도 같은, 결과적으로 말하자면 없지만 있다고 생각하는, 그 뭔가를 찾고자 하는 거기에서 그 허기진 환상에 의지해서 살아간다는 뜻이기도 하겠지요. 이 현실에서 우리들 삶의 한계를 극복하기 위한 대안적 세계라고 하는……. 현실에서는 없지만 우리들 가슴에는 있는, 그 꿈의 실체……. 그리고 세계……."

"이해되기도 하군요."

"안 되기도 하고…, 하하하……, 하하하……."

존재하지 않는 유토피아를 이런 사막에서 찾으려는 그녀들의 뜻은 막연하면서도 가상한 것으로 밖에 이해할 수 없는 미완의 장이었다.

"모든 것은 우리가 이 세상으로 올 때 인생에 대한 사용 설명서 한 줄 읽어보지 않은 채 왔다는 불찰에서 시작된 게 아니겠어?"

샌디가 그때 제법 노숙한 어조로 말했다.

"어쭈, 제법인 걸."

"아냐. 이 세상은 우리들 삶이 잠시 머무는 곳이거든. 다들 아마 잠시 갔다 오는 것으로 생각했을 거야. 여행처럼 말이지."

모닥불은 이미 잦아들고 있었다.

그녀들의 화제가 끝나갈 때쯤 내가 한마디 꺼냈다.

"대낮에 번화가 사거리에서 멀쩡한 젊은 남자가 골판지에 〈나를 찾습니다〉라는 글을 써서 들고 섰다면 어쩌겠습니까?"

"호호호……, 그 남자 쌍둥이는 아니었던가요? 바꿔서 나타나던 것으로 말예요."

"분명히 말해서 쌍둥이는 아니었답니다."

"그래서요? 실망이야."

"오는 사람 가는 사람마다 다들 힐끗힐끗 보며 별 희한한 작자도 다 보겠다는 반응들이었는데, 그때 저기에서 헐레벌떡 달려 온 사람이 피켓을 든 남자를 향해 '저기에 당신을 보았다는 사람이 있어요.' 그러자, '그래요? 그럼, 가 봅시다.'

하고 황망히 그쪽으로 달려가 버렸지요. 어떻게 되었겠습니까?"

"어머머. 그 남자, 수수께끼네."

그때 어둠 속 저 멀리서 바람을 타고 두런두런하는 소리가 들려왔다. 아주 멀리서 나는 사람 소리였다. 모두들 화들짝 놀란 듯 했다. 사막에서의 사람 소리, 그것도 이 야밤의 사람 소리는 그다지 유쾌하지 않았다.

이때의 사람 소리는 반가움의 반대쪽에 가까웠다.

어둠 속에서 모두의 눈빛이 날카로워졌다. 긴장한 탓이었다.

모래 바닥에 납작 엎드려서 그쪽에 눈길을 고정해놓고 있자니 멀리 하늘과 땅의 경계선, 별빛 아래로 희미한 스카이라인에 움직이는 물체가 잡혔다.

일군의 사람 떼가 분명했다.

모두 대경실색이었다. 누구랄 것도 없이 얼른 모래를 끼얹어 마지막 모닥불부터 끄게 되었다.

그러자 샌디가 하는 말했다.

"이 밤에, 웬 사람들일까?"

"이런 밤에 사막을 가다니. 저건 마적단(馬賊團)일지 몰라. 모두 숨자."

그랬으나 은폐물 하나 없는 사막에서 마땅히 숨을 곳이 있던 것은 아니었다.

에밀이 외쳤다.

"다들 모래 속으로 스프링 백을 파묻어. 그리고 그 속으로 들어가자고."

숨 가쁜 순간이었다.

허겁지겁해서 모래를 파헤치고 그 속으로 스프링 백을 밀어 넣은 다음 다시 모래로 덮었다. 그런 다음 스프링 백이 드러나지 않게 파묻어서 그 속으로 몸을 밀어 넣고 지퍼를 올렸다. 몸을 백 속으로 감추었다. 겨우 눈과 코만 내놓게 되었다.

그렇게 숨죽인 순간이 흐르면서 그들은 가까이로 왔고 천천히 지나갔다. 몇 마리의 낙타와 고삐를 잡은 몰이꾼들이 어둠 속에서도 보였다. 사람들은 모두 십여 명이 되는 듯 했다. 숨을 죽인 순간이 그들과 함께 지나 간 다음이었다.

오늘 밤도 모두 그냥 노박을 하기로 했다.

모래 속에 누운 채로 그대로 밤을 새우기로 했지만 잠시나마 너무 긴장했던 탓으로 잠이 얼른 오지를 않았다.

누운 차례를 보니 길메어가 맨 가쪽이었고 그 다음이 샌디, 그리고 에밀이었다. 그 옆에 내가 눕게 됐다.

반듯하게 누워서 바라보는 사막의 밤하늘, 사막의 별은 유별났다. 그 조화며 경이로움은 말로 다할 수가 없었다. 비로소 사막의 밤을 실감하게 되었다.

별들이 사람들을 내려다보고 어떻게 이해할런지 알 수 없었다.

별은 너무 많았다. 그래도 흘러내리지 않았다.

비록 저들끼리지만 깔깔거리며 잠들지 않고 끝없이 반짝거리는 별들이 지키고 있다는 것은 위안이고 축복이었다.

그때 하늘 저쪽으로 길 잃은 유성 하나가 길게 흘러갔다.

모래가 꼼지락거리는가 하더니 어둠 속 모래 아래로 슬그머니 손이 하나 다가왔다.

뿌리칠 수 없어 슬그머니 손을 잡았다. 따스하고 부드러운 손이었다.

존재하지 않은 존재

#〈 〉

날이 밝았다.

깨어 보니 잠들 때 잡았던 손을 그대로 쥐고 있었다. 에밀의 손이었다. 손에는 촉촉이 땀이 흐르기도 했다.

하늘에는 어제 밤 그 많던 별들은 어디로 갔는지 하나 보이지 않았다.

모두 털고 일어났다.

오늘 또 하루의 새로운 카라반이 시작될 참이었다.

꿈을 실은 카라반.

"자. 가자고. 오늘도 우린 가야 하는 거야. 가는 데까지는."
에밀이 앞장섰다.

"그래, 가야지. 우리 살아 있는 동안은 죽지 말자고."
길메어가 뒤따라가며 하던 말이었다.

"그래. 살기 위해서는 살아 있어야 하는 게 인생이지."
샌디의 말을 앞세워 텅 빈 발걸음들은 대오를 이루고 걷기 시작했다.

누구도 더 말을 하지 않았다. 침묵의 대오였다.

다들 그저 걷기만 열중했다. 이때 말을 하면 에너지가 소모된다는 것이 암묵적인 룰이었다. 말하자면 동즉손(動卽損)이었다. 동즉손이라는 생각을 은연중에 공유하게 되었던 것이다.

현실에는 있지 않은 꿈을 찾아서 가슴으로 걸어가고자 하는 대오. 울면서 태어난 세상을 이제 성인이 되어 걷고 있던 것이 다를 뿐이었다.

사막을 걷다 보니 거기가 세상의 바깥인 것도 같았다. 그러나 결코 세상의 바깥은 아니었다.

그동안 이 사막에서 새로운 것을 섭렵하기도 했다. 낙타 등에 올라 거들먹거리며 편안하게 갔으면 이 같이 두 발로 모래를 밟고 숨을 헉헉거리지는 않았을 것이다. 그렇지만 비록 고생스럽기는 했어도 지금과 같은 고통을 통한 이런 경험은 체험하지 못했을 것이다. 그래서 낙타를 이용하지 않았던 내 무지며 우를 범한 행동을 두고 후회하거나 몰아세우고 싶지 않았다.

고난과 고통을 통한 체험은 때로 인간을 인간답게 하던 소중한 것이라고 생각했다. 그리하여 열정과 고통을 통해 얻은 소중한 것, 삶을 삶이라 할 수 있지 않겠는가.

"인간은 다시 태어나도 인간일 거야."

"난 가끔은 인간이라는 게 자랑스럽고 영광스럽다는 생각이야."

"우리가 이 다음에 이 세상으로 다시 올 수 있을까?"

"글쎄. 그건 하느님한테 물어봐야 하지 않을까?"

"하느님이 무슨 소용이야. 어머니, 아버지한테 물어 봐야지."

"쟤는. 하는 소리 좀 봐. 무슨 소리가 그래? 그때 어머니, 아버지는 이 세상 사람이 아니거든."

"하긴. 그것도 그렇네."

"그건 아냐. 엄마, 아빠인들 자기네도 태어나고 싶어 태어났겠냐? 아니라고 하면 어쩔 건데?"

"자기들이 몰랐던 그 죄를 왜 자식들한테 떠다 넘기는가 말야. 그건 말이 안 되잖아?"

"그러고 보면 인간이란 게 본래 그런 걸 지금에 와서 어쩌겠냐. 치워라, 치워!"

"난 다시는 오지 않을 생각이야."

"왜?"

"뭐, 하나도 재미있는 게 없는데 뭐하러 또 와?"

"오고 안 오고는 그게 제 마음대로 되는 건 아니잖아. 그런 주제에 다들 무슨 소릴 하는지 모르겠네."

"그렇지. 그럼, 누구 마음대로일까?"

"3억 몇 천 마리의 정자 중에 선택된 것은 감격스러운 일 아니겠어?"

"어머. 그렇기도 하네. 그 중에서 하나라는 것……. 그건 역시 뭐가 있어. 그게 뭘까?"

"뭘까?"

"운(運)……?"

"운이 아니라 신비(神秘)라는 그런 게 아닐까?"

"아마, 내 마음이 아닐까?"

"태어나고 싶다는 희망사항만으로, 그리고 오기 싫다거나 오고 싶지 않다고 그게 마음대로 될 수 있을까?"

"그러고 보니 인간이란 아무렇게나 볼 존재가 아니잖아?"

"맞아. 인간이 나고 죽는 그 섭리라는 게 또 그렇네."

"우린 몰랐잖아. 그 섭리라는 걸."

"알았으면 어쨌을 건데?"

"교회에 가면 하는 말이 삶은 축제다, 뭐 그런 말."

"과연 인간의 삶은 축제일까?"

"쇼펜하우어가 그랬어. '태어나지 않는 게 최선이다. 만약 태어났다면 스스로 목숨을 끊는 게 차선책이다'하는 뭐 그런 소리."

"어찌 들으면 그말, 사이비 같잖아?"

"글쎄. 난 거기에 대해 뭐라고 할 자신이 없으니까."

여자 세 사람의 걸쭉한 잡담에 귀가 간질거릴 지경이었다.

"그리고 보면 우리가 이 세상에서 인생이니 세상이니 하고 섣불리 불평불만만 할 것도 아니었구나?"

"우린 그동안 뭘 보고 살았던 거야?"

"눈앞의 되도 않은 일로 불평불만을 했다는 것도……,"

"그렇지…?"

"이런 생각을 왜 진즉 하지 못했을까?"

"아무도 가르쳐 주질 않았으니까."

"인생은 가르쳐 주는 게 아니잖아."

"그런가? 난 인생을 몰라서 그래……."

"인간이라는 생명의 섭리가 그렇잖아. 배울 수는 있어도 가르쳐 줄 수는 없는."

"아휴. 어렵다. 인생이란 쉬운 문제가 아니었구나."

"쉬운 줄 알았냐?"

"뭐 어려운 것도 없어. 인간이란 어차피 모르고 왔다가 모르고 살다 모르고 가는 거니까."

"그렇다면 우린 뭐야?"

"우리가 뭐라는 걸 아는 사람이 있을까?"

"있을 테지, 있고 말고."

"그럼, 뭐야?"

"인간은 인간이라는 것. 그 이상도 그 이하도 아닌 거지 뭐. 별 거야?"

"어쭈. 그러고 보니 틀린 말도 아니고 맞는 말도 아니네."

"인간이 뭐 별 것 있냐? 너나 나나 이 세상으로 나온 주제 아냐."

시간은 잡다한 대화로 시간이 어떻게 흘러갔는지 어느새 하루 해도 다해가고 있었다.

"쟨 또 그 소리야. 인간이 이 세상에 태어날 때 얼마나 무섭고 두려웠으면 어머니 배 속에서 나오자마자 그렇게 소리를 질렀을까. 안 그러냐?"

"그러고 보니 인간은 위선적 존재라는 걸 알 것 같군."

존재하지 않은 존재 147

"왜. 뭐가 또 위선이냐?"

"생각해 봐. '인생은 가치 있는 것이다', '이 세상에 온 것을 행운으로 생각해라' 등 하는 소리 말야. 다 위선이잖아?"

"그런 소리는 이 세상으로 와서 듣고 배운 것일 테지. 그걸로 인간이 위선적 존재라고 몰아 붙이면 안 되잖아."

걷다 보니 어느덧 해가 중천을 한참 지나가고 있었다.

그냥 걷기에는 너무 지루한 길이었다.

길메어가 허공에다 대고 고함을 질렀다.

"신은 있다~!"

복창처럼 따라서 고함을 지르던 것이 샌디였다.

"없다!"

"있~,~다아…~!"

"으, ㅇ_ㅄ다아…~~!"

그 파장은 멀리 가질 못했다.

"이 지구상에 인간이 존재해야 하는 이유가 무엇인지 아냐?"

"그래. 밥 먹고 애 낳고……. 그러는 게 인간 아닌가?"

"아냐. 이 지구상에서 인간이 존재해야 하는 이유는 간단명료하지. 만약 인간이 존재하지 않는다면 신을 보살필 후견인이 없어지기 때문이야. 인간이 영원해야 신도 영원한 거야."

"그게 옳은 말일까?"

"그렇지만 인간은 '빵만으로 살 수 없다!"

"허기진 사람에게 빵은 양식이닷!"

"신과 빵은 같은 반열일 수 없는 거얏."

"눈에도 보이지 않고 머리로도 이해되지 않는 존재, 그게 신이라는 거야."

"우리 동네 가게에 가면 빵은 얼마든지 있어!"

그때 에밀이 팩하니 고함을 질렀다.

"저, 인간 생명 공작소(工作所)의 거푸집이들, 하는 소리 좀 봐."

걸쭉한 농담은 지칠 줄을 몰랐고 한꺼번에 꺄르르, 쏟아놓는 웃음소리에 잠들었던 사막의 적요는 무참하게 깨졌다.

"제작자는 달라도 인간이라는 제품은 동일하다는 사실, 어떻게 생각 하냐. 그거 신기하잖아?"

"아, 여체란 남자의 손길이 닿지 않으면 연주되지 않는 악기에 지나지 않는다는 사실은 어떠냐? 만고의 진리 같으냐?"

"진리…? 진리가 길을 헤매다 죽을 때 하는 소리 같다야."

또 한 바탕의 웃음이 쏟아진 뒤에야 조용하게 되었다.

사막은 광활하고 걷는 것은 지루했다. 걷는다는 것은 순응이면서 정복이지 않겠는가. 걷고 걸으며 스스로를 확인 하던 것은 고통을 통한 의지의 단련이었다. 그렇게 해서 삶의 의미를 확인하던 것이었다.

다들 잠시 쉬어가기로 했다. 잠시 쉰다고 하자 기진해 하던 터라 모래 위에 그대로 드러눕는 식이었다.

그때였다. 저기 지평선처럼 가물거리는 쪽을 향해 누군가 외쳤다.

"저어기, 저……, 사람 아냐?"

그렇다. 작은 점 하나가 흔들리는 물체처럼 가물거리는 게 보였다. 다들 그쪽으로 눈길을 모으고 숨을 죽인 사람들처럼 보고 있었다.

점점 가까워졌다.

사람이었다.

한 사람이 휘적휘적 걸어서 오고 있었다.

혼자였다. 그런데 여행자는 아닌 듯 했다.

모두 호기심에 찬 눈으로 움직이지 않은 채 보고 있었다. 사람이 점점 가까워지자 호기심 반, 경계심 반이 발동했기 때문이다.

이제 저만치까지 오게 되었다. 다가 온 사람은 나이가 연로한 노인이었다.

노인은 풍채며 행색이 그리 넉넉하지 않았다. 옹색해 보일 만큼 초라해서 꾀죄죄한 모습이기까지 했다. 나이도 많은 노인이 사막을 혼자서 걸어왔다는 것은 놀라운 일이었다.

막대기 같기도 하고 장죽 같기도 한 기다란 지팡이 하나를 손에 든 것 말고는 아무 것도 지닌 게 없었다.

노인은 한 걸음씩 지팡이를 짚으며 걸어오던 것이었다.

내가 나서게 되었다.

"저어…, 좀 쉬어 가시죠."

우선 그렇게 말을 걸게 되었다.

노인이 걸음을 멈추었다.

"노인장께 말씀을 좀 여쭤도 되겠습니까?"

걸음을 멈춘 노인은 뚱한 얼굴로 일행을 일별한 다음에야 대답을 했다.

"그러시오. 뭐요?"

"혹시 이 지역에 사시는 분이신가요?"

"그렇소만……."

"그렇다면 혹시 이 부근 어디에 유토피아라는 곳이 있다는 걸 아시는 가요?"

"엥, 유토피아라…? 뭔 소린지 모르겠구먼. 여긴 사람이 살지 않소. 무엇 때문에 그러는 거요?"

"저희는 유토피아를 찾아 여행을 하고 있는 중입니다."

"그깟 것은 찾아서 뭘 하겠다고 찾아 나선다는 건가?"

"무엇을 하겠다는 것은 아니지만 삶이란 것이 그렇잖아요? 사람이 살아가면서 늘 허전한 무엇을 느끼는 그런 것 때문이라고 할까요."

"엥. 쯧. 그게 뭐 찾는다고 찾아지려나? 그러면 누구나 찾아 나서게?"

노인의 말은 영 마뜩찮았다. 마치 개구리에 물 끼얹는 식이었으니 말이다. 나 역시 바로 말하자면 충족되지 않은 뭔가를 찾아 나선 것이라고 할까. 그래서 알게 모르게 삶에서 충족되지 않는 그것을 치유하고자 이 사막에서 오늘을 걷고 있다고 해도 틀린 말은 아닐 것이었다.

우리들의 설명을 들으며 앉아 있던 노인은 고개를 들어 하늘을 또 한 번 올려다보았다.

남자라는 것 말고는 그저 일행이라는 것뿐이지만 마치 리드나 되는 것처럼 행세하게 된 것이 그때 내 처지였던 것이다.

"보다시피 여긴 그런 유토피아가 될 만한 곳이 없기도 하지만 그 따위 유토피아는 찾아서 뭘 하겠다는 건가? 그건 허영이여, 허영. 생각을 고치면 우리들이 사는 오늘의 여기가 유토피아인걸."

우리들은 노인의 말에 내심 멋쩍은 얼굴이지 않을 수 없었다. 그러나 노인의 말은 뭔가 의미심장한 내용을 담고 있었다.

그때 에밀이 물병에서 물을 한 잔 부어 노인에게 내밀었다.

"목마르실 텐데, 이거 한 모금 드세요."

노인은 물을 받아 단숨에 마셨다. 그런 다음 크게 심호흡까지 한 번 하고서는 아주 흡족한 표정을 짓더니 그 자리에 그만 털썩 주저앉았다.

"유토피아는 찾아서 뭘 하려 하나?"

"그것이 저희들 여행의 목적이기 때문입니다."

내가 한 말이었다.

"목적……? 하긴. 여기서 그 목적은 실패할 수밖에 없다는 걸 생각해 보았는가?"

"유토피아를 탐색하겠다는 것이 당초 우리들의 꿈이었으니까요. 실패는 받아들일 수밖에 없다면 할 수 없는 것 아니겠어요."

"그렇지. 그러면서도 꿈 꿀 수밖에 없는 게 인간의 숙명이긴 하지."

노인은 혼잣말처럼 그렇게 구시렁거렸는데 그때의 우리들

은 마치 선생님 앞에서 시험 치르는 아이들만 같았다.
"꿈은 값을 매길 수 없는 것이기도 하고. 인생이란 가끔은 터무니없는 착각에 빠져 환상을 희망으로 알고 허둥대다 끝나는 경우도 없지 않지만 그것도 인간이기에 가능한 일이지 않겠나."
마치 무슨 변명 늘어놓듯 혼잣말을 그렇게 구시렁거리던 것이었다. 그때 노인의 말은 마치 허공에 하소연 하는 것 같았다. 노인은 어딘가 범상해 보이기도 했다.
"인간은 욕심을 쫓아가는 존재지. 그래서 욕심은 삶의 에너지이기도 하고. 문제는 주어진 세상에 만족하지 못하고 자신들이 바라는 세상으로 나아가겠다는 것인데……. 그게 인간의 욕심이지."
그 틈에 번뜻 떠오른 생각에 노인을 향해 내가 말을 건넸다.
"노인장께서는 이 지역에 살면서 불편한 게 무엇인가요?"
우선 말을 할 화제를 찾는다는 게 그렇게 운을 떼게 되었던 것이다.
"불편한 것? 여기서는 불편한 게 없지. 불편할 게 뭐 있겠나? 모든 게 없으니까 아무 것도 불편한 게 없는 거지."
"아니, 그게 무슨 말씀입니까?"

"모르나? 없는 걸 모르니까 불편한 것도 없는 거지."

감탄할 노릇이었다. 없기 때문에 없는 걸 모르고, 없기 때문에 불편하지 않다는 것. 어쩌면 그것이야 말로 가장 편리한 논리인지 모를 일이었다.

"그렇다면 인간의 삶을 어떻게 생각하시는지요?"

그 말에 노인이 허허허, 하고 웃음을 지었다.

"그건 괜한 소리여. 인간의 삶……? 그게 뭐 별 건가? 인생에서 중요한 것은 정답이 없는 법이지. 그래서 인생은 답을 아는 것보다 그저 성실하게 사는 게 정답이라고 생각하면 돼. 삶이란 인간에게 인류 보편적인 것이지만 그건 우리 모두에게 해답이 없는 질문 아닌가. 그런데 그걸 어쩌려고 그래? 삶에 의미를 부여하겠다는 건가?"

"뭐 그런 뜻은 아닙니다만……."

"어리석은 짓이여. 인간이 삶을 무시하면 천박해지는 거네. 그게 인간 본연의 가치거든. 구원이란 인간 그 자체라고 생각하면 오류는 발생하지 않을 거네."

노인의 말은 강한 메타포를 내포하고 있는 것도 같았다.

"삶에 대한 그 질문에 해답을 도출한 사람이 있을까 해서지요?"

"해답……? 있을 수 없는 문제를 누가 답을 도출하겠나?

삶이란 끝에 가서야 깨닫게 되고 후회하게 되는 것인 걸. 그때는 이미 늦기도 해. 안 그래? 그건 답이 없다는 뜻이거든. 인생이 무엇이라는 걸 모르기 때문이기도 하지만 사람들은 그냥 살아가고 있는 것이지. 답을 아는 때면 누가 삶을 살아가려고 하겠나. 그래도 다행인 것은 인간이 시험 치르지 않고 갈 수 있는 단 한군데가 공동묘지라는 거야. 그 문제의 답은 거기서 찾아야 할 걸세."

"왜 그런가요?"

내가 재차 물었지만 그건 억지소리일 수밖에 없었다. 왜 그런지는 이미 답이 나와 있는 것이나 마찬가지가 아니겠는가.

"지나고 보면 알게 되는 걸세. 그때는 이미 늦었지만. 인생이란 뭔가 결핍된 채 삶은 강물처럼 흘러가버리는 것이지. 그래서 하는 말이라면 정답을 도출해서 찾은들 뭐하겠나. 그저 그게 그건 걸. 그게 답이라고 생각하면 돼. 그리고 열심히 사는 것, 그것뿐이야."

서너 걸음 떨어져서 노인을 둘러싸고 있는 에밀, 샌디, 길메어를 보고 노인이 물었다.

"다들 친구인가?"

"네. 저희는 친구들인걸요."

노인이 고개를 끄떡이던 끝에 말했다.

"친구란 세월이 발효시킨 영혼의 동반자지. 친구는 영원히 친구여야 해."

그러던 노인이 몸을 벌떡 일으켰다.

"난 이만 가 봐야 하네. 가네."

그러고는 노인은 뒤도 돌아보지 않고 다시금 휘적휘적 가 버렸다. 그런 노인의 모습은 금새 보이지 않았다. 흡사 구름 속으로 사라진 것도 같았다. 표표히 사라진 노인의 형체는 한 순간의 꿈만 같았던 것이다.

#〈 〉

노인이 떠나고 다시 걷기 시작했다.

걷고 또 걷다 보니 사람은 위대하다는 생각이 들기도 했다. 그러다 생각은 금시 인간의 삶이 대자연 앞에 보잘 것 없다는 것으로 바뀌기도 했다, 그건 열패감이 아니라 겸손일지 모른다. 대자연 앞에 겸손할 수 있는 인간이라는 생각 또한 아름다운 것이지 않겠는가.

해는 그 자리에 있질 않았고 따라오기만 했다.

사막을 걷는 때면 이유 모를 신비가 출렁거렸다.

해가 지평선 가까이 내려갔을 때 일행은 언제 적이었던지 희미한 자동차 바퀴 자국을 발견하고 그걸 밟으며 걸었다.

그렇게 자동차 바퀴 자국 위에 사람의 발자국이 더해졌다.

그때 기적 같은 일이 일어났다. 저 뒤에서 모래를 날리며 한 대의 자동차가 굴러오는 예기치 못한 사태가 벌어진 것이다.

어떻게 될지 알 수 없었지만 모두 반가웠다. 그래서 걸음을 멈추고 서서 손을 번쩍 번쩍 쳐들게 되었다.

급기야 달려오던 차가 우리 앞에 와서 멈춰 섰다. 운전기사 한 사람이 타고 있는 반트럭 픽업이었다.

태워 줄 수 있느냐고 묻자, 뒤 짐칸을 가리키며 타라고 했다. 우루루, 픽업 짐칸에 모두 오르게 되었다.

작고 좁은 짐칸이라 서로 무릎이 부딪치는 이변이 속출했다. 아우성은 그 뒤였다.

차는 모래 길에서 그네를 뛰었다. 그때마다 아우성이 터져 나왔다.

삼사 분 가까이 달리게 되자 해도 거진 넘어갈 즈음 차가 도착한 곳은 사막 가운데의 한 리조트였다. 놀랍게도 사막 한 가운데 반듯한 건물이 세워져 있었고 몇 채의 몽골식 게르도 즐비하게 세워져 있었다.

모두 환호했다.

리조트에는 여러 대의 승용차들이 세워져 있기도 했다.

우리는 두 개의 게르를 배정받았다. 더 놀라운 것은 관정을 타고 지하수가 끝임 없이 솟아오른다는 사실이었다. 그 물로 오랜만에 실컷 샤워를 하게 되었다. 샤워까지 하게 되자 지금까지의 기분은 간데없이 가뿐했다.

오랜만에 리조트에서 준비한 음식으로 저녁도 진수성찬을 즐기게 되었다.

기분은 벅찼고 뭔가 풍요롭기만 했다.

해가 졌다. 지평선에 걸렸던 어둠이 내려앉으며 별들이 살아났지만 리조트에서 발전한 전기불은 또 다른 정취를 자아내게 했다.

리조트에 맞는 저녁은 또 새로웠다.

문득 떠오른 것이 이 생각이었다. '독서는 앉아서 하는 여행이고 여행은 서서 하는 독서'라는.

리조트에는 우리 일행만이 아니었다. 그들은 모두 여행객이었다.

저녁을 먹은 후, 모닥불이 아니라 리조트 측에서 마련한 땔감으로 불을 피우고 캠프파이어가 벌어졌다. 모닥불과는 또 다른 정취를 자아내었다.

한 쪽에는 중년으로 보이는 남자들 오륙 명이 둘러앉아 손에는 술잔들을 하나씩 들고 풍성한 잡담의 향연을 펼치고 있었다. 그들은 모두 동호회 회원들인 듯 했다.

내가 앉은 자리 바로 등 뒤쪽으로 얼마 떨어지지 않아 그들의 말소리는 내 귀에 바람처럼 모조리 달려들었다.

"이 사막을 말야. 몽땅 개간(開墾)해서 사과나무를 심으면 어떨까?"

한 사람이 아주 호쾌한 어조로 그 같이 말했다.

"어쭈. 아직 인류의 종말은 오지 않았는데 사과나무를 심어?"

"사막을 사과나무 천지로 만들면 그거 장관이겠는걸?"

사막을 개간해서 사과나무를 심는 것을 두고 그들은 설왕설래 했다.

"사과나무를 심는 것은 그렇다 치자. 나중에 그 많은 사과를 누가 딴단 말야?"

"설마 열린 사과를 못 딸까?"

"또 따는 거야 그렇다 하더라도 그 사과를 누가 다 먹나?"

"못 먹으면 내다 팔지 뭐. 그러면 세상이 좀 바뀌지 않을까?"

"세상을 바꿔? 사람도 못 바꾸는 세상을 사과 따위로……? 그건 어림 반 푼어치도 없는 소리야."

"그렇지 않아. 사과나무를 심어 인류를 구원하겠다는 건 좋은 생각이지. 안 그래?"

"아니지. 나는 그냥 돈을 좀 벌어볼까 하는 생각뿐이야."

"응. 그 아이디어 하나는 기가 차는군. 아주 히트야 대히트! 돈 좀 벌겠어. 한 번 해 봐."

"잘해 봐. 인류의 기념비적 공헌으로 평가될지 누가 아냐."

"안 될 거야."

"왜?"

"한 그루만 심어야지 사과 농장으로는 안 돼. 그건 욕심으로 치부해 지탄받을 대상이거든."

"그래. 그렇기도 하네."

"그럼, 인류를 위하여 건배!"

손에 든 잔들을 번쩍 들어 올렸다.

"난 그럴 생각은 없어. 세상이 언제 내 말 한마디라도 듣기나 했나?"

"세상을 고칠 생각은 말어. 그건 바보짓이야."

"그게 왜 바보짓인가? 세상이 제대로 된 적은 한 번도 없는데."

"세상은 네 것도 아니지만 내 것도 아냐. 불평한다는 게 잘못돼서 그래. 그냥 코피만 터져."

"뭔 소리야? 세상 어쩌고 하는 자들, 그리고 걸핏하면 세상을 바꾸겠다는 소리를 입에 달고 사는 치들. 그건 다 바보짓이야. 세상은 누구 맘대로도 되지 않아. 예전에도 그랬지만 지금도 그래. 세상은 모두의 것이거든. 그래서 그냥 있는 거야. 거기에 우리가 얹혀서 살고 있을 뿐이라고."

"네 자신이 바뀌어야 세상도 따라 바뀌는 거야. 바뀌어야 할 인간은 바꾸지 않고 세상 탓만 하려는 것은 불평분자에 지나지 않아."

"그래. 그 말이 맞아."

"히야! 하느님한테 뒷돈을 먹은 게 분명해."

"맞아. 이제 보니 세상 편역을 단단히 들기로 했구나?"

"아니지. 본래 세상에게는 책임이 없는 거라고. 다만 세상에는 주인이 없기 때문인 거야."

"그래. 세상을 그렇게 만든 건 오히려 우리들 인간이라는 사실을 알아야 한다니까. 안 그래? 세상을 살아가는 것은 인간들뿐이잖아."

"알고 보면 그건 세상에 대한 불만이라기보다 자신에 대한 불만이 아니었겠냐? 안 그렇냐?"

"뭐 이러쿵저러쿵 할게 있나. 우리들 생명은 하늘의 선물이라고 하지만 이 따위 선물이 싫거나 짐이 될 때 반납하는 곳이 있어야 하는데 그게 없다는 것 아니겠어. 왜 반납하는 곳이 없느냐 말야. 그건 부당한 것 아닌가?"

"그 말도 틀린 것은 아니군. 그렇지만 처음부터 인생은 정답이 주어지지 않은 것이잖아. 반납할 곳이 없다는 게 왜 문제가 아닌가?"

"인생을 제각기 살면서 생각하라는 것 아니겠냐? 한 번 뿐인 인생, 허망하게 보낼 것이 아니라 소중하게 생각해서 말이지."

"인생은 부당하고 모순인 것이 뭐 한두 가지인가. 숨을 쉬지 않으면 죽는다는 것도 생각해 보면 모순이지. 왜 그따위 숨 좀 안 쉰다고 죽는다는 거야?"

"그것도 그렇네. 공기 없이는 3분을 못 견디고, 물 없이는 3일을 못 견디며, 먹지 않고는 3주를 못 넘긴다고 했으니. 제장, 그게 인간의 한계야."

"역시 인간은 그게 딱한 거군."

"누구나 알지만 아무도 모른다고 하는 인생 문제. 인생이 무엇인지 아는 사람은 아무도 없어."

"그럼, 신도 모른단 말인가?"

"신…? 신이 가장 두려워하는 게 뭔 줄 아나? 자신의 존재가 탄로 나는 거야. 자신이 존재하지 않는다는 것을 자신이 잘 알기 때문이야. 그걸 인간들이 알까 봐서 조심하는 게 신이라는 사실이야."

허접한 율사(律師)의 궤변에 다름 아닌 저 말들, 만약 신이 들었다면 헛소리 총량제(總量制)라는 벌을 내리지나 않을지 모를 일이었다.

"인간의 개념을 정의한다면 뭐라고 할 수 있을까?"

"인간은 본래 가변적이어서, 인간이라는 것 이상은 뭐라고 할 수가 없는 것 아냐?"

술기 탓인지 그들의 대화는 뚜렷한 주제가 있던 것은 아니었다. 그래서 화제의 중심이 되던 것은 그때마다 언급되는 것, 무엇이든 화두로 삼은 듯했다.

나중에는 갈팡질팡이기도 했다.

그러다 또 중구난방이었다.

누구랄 것 없이 마구잡이로 떠들고 보는 방식이었다.

어쩌면 말도 되지 않은 소리들을 말인냥 떠든다고 할 수밖에 없는 대화들이었다.

한 사람이 한껏 목청을 가다듬은 다음 소리를 높였다.

"유사 이래로 세상에 대해 불만이 없는 인간은 없었어. 다만 그 불만의 크고 작고의 차이뿐이었다는 것 아니겠냐."

"그랬지만 보라고. 세상은 지금까지 여전히 건재해. 그리고 볼 때면 불만과 불평을 하는 인간만 싱거운 꼴이지 않겠

나. 그런데 뭐라고 할 거야?"

"맞아. 세상에 대해 이러쿵저러쿵 한다거나 빈정대는 인간은 본래 덜 돼먹은 치들이지 않고."

"사실 말야. 우리 인간은 자신에 대해 얼마나 알고 있느냐고 묻는다면 대답할 사람이 있을까?"

그 때 리조트에 묵던 사람들이 어둠 속의 도깨비처럼 우루루 몰려 나왔다. 그들의 소란으로 인해 나는 더이상 그들에게 관심을 가질 수가 없게 되었다.

리조트에 묵던 사람들은 모두 국적이 다른 것 같았다. 여러 나라로 그야말로 잡동사니 인간들이 부나비처럼 불 주변으로 모여 들었다. 그들은 너나없이 하나가 되어 이야기를 나누고, 노래를 부르고, 손뼉을 치고, 깔깔거리고 웃는 한바탕 삶의 축제가 벌어졌다.

그러는 사이 밤은 깊어져 갔다.

환상을 불태우는 밤이었다. 흥겨운 밤 분위기는 사람을 들뜨게 했다.

밤이 한창 깊어서야 다들 흩어져 자기 숙소를 찾아들게 되었다.

나는 일행과 헤어져 낮에 숙소로 지정된 몽골식 게르로 돌아와 자리에 누웠다. 세상 그렇게 편할 수가 없었다. 여기가 천국이었다.

문틈으로 희미한 밤하늘이 보이기도 했다. 모래 바닥에서 노박을 하면서 많이도 보았던 그 하늘이었다.

그때 문을 비집고 들어오는 그림자가 있었다. 긴장해서 보니 에밀이었다. 그녀는 자지 않고 까치발을 하고서 눈들을 피해 도둑고양이처럼 찾아온 것같이 보였다.

"내가 여기 온다는 걸 부인이 알면 안 될 테죠?"

"신경 쓸 것 없어요. 관심 없어 할 겁니다."

떠나오던 날, 나는 아내 방 책상 위에 간단한 메모 한 장을 남겨놓았다. 어떤 끊지 못한 부부라는 인연의 연줄로 맺어진 그 무엇이 한 가닥 남아있어서였다.

'여보, 이번 내 여행이 어쩌면 우리가 영원히 만나지 않아도 될 시간의 출발점이 될지 몰라 내가 돌아오는 것은 약속할 수 없다는 것만 말하겠소.'

그 메모에 대해 아내는 그저 시큰둥해 할지 모를 일이었다. 그런 생각에 나는 남겨둔 메모 한장으로 이미 아내와 정리된 것이라 마음먹었다.

"왜 그런가요?"

"내 이번 여행의 부수적인 문제 중 하나가 이혼이었기 때문이죠."

"어머머. 그러면 내가 생각했던 것과는 문제가 너무 다르다는 것 아냐?"

그러면서 에밀은 내가 누운 자리 속으로 스스럼없이 파고들었다.

"오늘 이 하루에 내 한 평생을 다 살았다고 해도 후회하지 않겠어요."

그 말을 소곤거리는 에밀의 입김은 뜨겁기 그지없었다.

#〈 〉

리조트에서 이틀을 보냈다.

여독을 풀기 위해 잠깐 쉬기로 한 것이 휴식의 이유였다.

그런데 샌디와 길메어가 떠나기로 했다. 도중이지만 그녀들은 돌아가겠다는 것이었다.

나는 그녀들이 떠나는 것보다 에밀이 어쩌는가 하는 것에 관심이 갔다. 그들과 일행이었으니 에밀도 같이 떠나는 것이 당연한 이치이니 말이다. 그러나 내 우려를 알았던지 에밀은 같이 떠나지 않겠다고 했다. 떠나는 것을 보류한다는 것이다. 나는 내심 안도하게 되었다.

차에 배낭과 소지품들을 싣고 떠나려는 두 사람을 향해 에밀이 작별 인사를 했다.

"난 여기에 좀 더 있을 거야. 내 유토피아를 찾을 때까지."
"그래. 성공을 빈다."
그녀들의 작별은 간단했다.
차는 바로 떠나갔다.
멀어져 가는 차의 뒷모습을 지켜보며 섰던 에밀이 뭔가 깃발처럼 펄럭이는 것 같았다.
내가 다가가 말했다.
"같이 안 떠나도 되는 가요?"
에밀이 웃었다.
"당신이 있는 걸요."
우리는 함께 웃었다.
사람에게 드는 정은 몰라도 나는 정은 안다고 했던가, 길메어와 샌디 두 사람이 떠나자 어딘지 허전했다. 공허하던 것은 말할 것도 없었다. 에밀 역시 그런듯 해 보였다.
에밀은 좀 멍한 모습이었다. 어딘지 허전하다는 느낌이 역력했다. 옆구리 한 쪽이 텅 빈 것 같은 기분이랄까. 마치 바람이 지나가는 것도 같았다.
나 역시 그랬다. 그동안 일행으로 함께 했다는 뜻이라 생각했다. 사람의 빈자리는 그렇게 마음으로부터 먼저 오는 것이었다.

사막에서 여가를 즐기고자 하거나 휴가를 보내고자 하는 사람이면 찾아오는 곳이 이런 리조트였다.

그런 사람들에게 이 리조트는 휴양지로 오아시스나 다름이 없었다.

이 리조트는 유별나게 사막 가운데 세워져 있었다. 그래서 마치 바다에 떠 있는 조그만 섬만 같았다.

사방은 풀 한 포기, 나무 한 그루 없는 막막한 사막이라 마치 고립무원의 바다 같은 기분이기도 했다.

리조트에 앉아 창문만 열면 바로 사막이 펼쳐졌다. 앉아서 사막을 보기에 충분했다. 그건 가상의 세계와 다름이 없었다. 그래서 굳이 따로 사막으로 나서지 않아도 되었다.

리조트에는 우리말고도 많은 사람들이 찾아와 묵었다. 그 중에는 방금 예식을 마친 신혼부부가 유독 눈에 두드러졌다. 그날 아침에도 바람을 쐬러 나서는 사람들을 보았을 때 몇 팀이나 눈에 띄었다.

밤이나 낮이나 사막은 흐트러지지 않았다.

사막은 과거만으로 존재했다. 그런 사막이 무슨 말을 하는 것은 아니었지만 거기에는 말하지 않는 말이 있기도 했다. 그 말을 듣는 것은 사람 몫이었다.

그때 또 한 쌍의 신혼부부가 눈에 띄었다. 내 시선이 그들을 놓치질 않았던 것이다. 내게도 그런 시절이 있었다는 서글픈 자탄이 뒤따랐던 것으로 해서였다. 그들을 통해 보는 인생은 한없이 벅차고 아름다운 것이었다.

그들을 보다 문득 나도 벌써 그런 나이가 되었나 하는 생각을 하게 되었다.

세상은 뒤로 가지 않는다는 것. 슬픔이든 괴오든 두고 그냥 나아간다는 것. 그게 인생이라는 것이었다.

결혼 생활 십육칠 년. 그러나 아내에 대해서만은 나이를 내세우고 싶지 않았다. 이유는 나이가 들어가면서 아내가 변했다고 느꼈기 때문이다. 아내가 멀어졌다고 느껴지는 그 간극, 그것을 세월 탓이라고 할 수는 없었다.

나는 오순도순 한 가정을 생각하던 쪽이었지만 아내는 그렇지 않았다. 누가 말한다면 그런 나를 향해 매우 가정적이라고 할는지 모른다. 사실 가정적인 것이 어떤 것인지 모르지만 지금의 나는 아내가 변했다고 생각했던 것만이 아니라 때로는 아내를 잃어버린 것 같은 기분이기도 했다.

그런 아내를 처음은 그저 직무에 충직하느라 그렇다고 이해하기로 했었다. 그런데 아니었다. 그 기간이 길어지면서 내가 생각했던 것이 아니라는 걸 알게 되었던 것이다.

아내의 행동이나 마음 씀씀이는 타성이 되어 끝내는 꼭 타인 같은 기분이던 것이었다. 아내는 가정에 대해 소홀하던 것이 아니라 숫제 등한시하던 것이라 할 수 밖에 없었다. 그랬는데 그것이 또 전부도 아니었다. 아내는 권력욕에 탐닉하던 것은 물론 강한 집착을 갖던 본성이기도 했다. 그런 것을 알았을 때 무엇으로도 위로되지 않는 감정을 뭐라 표현할 수 없었다.

직위와 명예에 몰입하기에 급급하던 아내의 그런 모습을 알았을 때 아내에 대한 실망은 무엇으로도 대신할 수 없었다. 그런 다음 아내가 변한 여자라는 걸 알게 되었던 것이다. 거기에는 남편으로서 다 하지 못한 내 역할 부족이 원인이 아니었나 했지만 꼭 그렇다고만 할 수도 없었다.

직장에서 아내는 직원들이나 특히 직급이 낮은 남자 직원들에게 군림하고 호령하는 것을 즐기는 것 같았다. 속물근성까지 내비치던 차에 나는 할 말을 잃고 말았다. 소위 말해서 권력에 맛을 들인 여자였다.

그렇듯 아내가 권력에 취할 때 좀체 제자리를 찾지 못하는 약점에서 탈피하지 못한다는 것까지 보여주었다.

나는 그런 아내가 싫었다.

어쩌다 아내한테 조언이나 충고를 하는 때면 감당할 수 없는 반격으로 맞서던 것이 예사였다.

"당신, 뭘 좀 알고 하는 소리야? 내 일은 내가 알아서 한다고요."

담박 그 소리였다.

충고가 면박으로 되돌아오던 것은 예사였다.

그 같은 면박 뒤에는 언쟁이 오갔고 언쟁으로 해서 불화로 번지게 되어 결국은 부부싸움이 되었다.

"내가 모른다고? 내가 뭘 모르는데?"

나 역시 감정의 동물이었다.

가만히 있을 수가 없어 일시적이나마 욱, 하는 것이 밀려 그 같이 반격하기 일쑤였다.

"우물 안 개구리 같은 당신이……. 세상 물정이란 걸 좀 알고 말하라고."

아내는 언제나 그런 식이었다. 무시뿐 아니라 빈정거림까지 섞여 있었다.

"무슨 소리야? 내가 모르는 게 뭔데?"

"쳇. 당신이 뭘 아는데? 가장 기초적인 법에 대해서 비읍자도 모르잖아?"

부부싸움이 될 수 없는 것으로 그렇게 싸움이 되었다. 시쳇말로 가만히 있었으면 이등이나 할 걸 하는 생각까지 하게 되는 경우가 우리 부부사이였다.

아내는 그렇게 법 이외에는 구제불능이었다. 자신에 대해서는 요지부동이었다. 그런 아내가 직장에서 하는 것이라면 보나마나였다.

#〈 〉
해는 서서히 넘어가며 장관을 연출했다.
아침에 솟아 하루 동안 지상을 지켜보던 끝에 넘어가며 내일을 약속한다는 의미로 그런 장관의 석별을 표하는가 보다.
지평선을 넘어가는 해를 보면서 리조트를 나와 에밀과 함께 산책을 하기로 했다.
어디 없이 광활한 사막은 사람이 밟지 않으면 적막 그 자체였다. 사막은 침묵으로 무장한 채 꿈꾸고 있었다.
어제 밤에 나는 에밀에게 내 모든 것을 털어놓게 되었다. 아내와의 불화, 이십 년에 가까운 근속이지만 신문 기자의 고충, 그리고 야당지 기사에 대한 보이지 않는 압력과 비판, 갈등 등에서 타협하지 못하고 내 스스로 좌절과 굴욕감을 느껴야 했던 근무 환경, 그로해서 갖게 된 심리적 위축까지. 그러면서도 기자 본연에 충실하자는 내 소신에 안겨준 열패감, 버틸 수 없는 의지의 한계, 급기야 밀려드는 회의감으로 비틀대던 내 초라한 모습은 참으로 안쓰럽고 굴욕감마저 느끼게 하던 것이라 열두 번도 더 때려치우자고 했던 저간의 한계 상황.

나는 급기야 사표를 내게 된 용기에 대해 스스로 위로해 마지 않았다. 그리하여 이번 여행을 그에 대한 보상쯤으로 생각했다고 고백했다.

나는 에밀이 혹시 실망하지나 않을까 했는데 그와는 달리 무척 감동받은 표정이었다. 거기에는 내 인간의 진솔함이며, 허위나 위선이 배제된 됨됨이가 그녀로 하여금 감동하게 했던지 모를 일이다.

그런데 사실을 듣는 것만으로 믿으려 하던 것이 여자의 직감인 듯 했다. 그랬는데 무엇보다 여자 앞에서 환심을 사고자 과장하지 않는 내 태도 등이 그녀로 하여금 그렇게 감동하게 했던 것은 아닐까 생각했다. 나로서는 있는 그대로를 말했던 것뿐이었지만.

"이번에 생각하게 되었지만 사막은 우리에게 무엇인가 하는 것 말예요."

저녁 노을에 물들어 가는 사막 저쪽을 가리키며 에밀이 하는 말이었다.

"그래서 뭐라고 생각했던가요?"

"사막이 버려진 것이 아닌가 하는 생각했는데 이제 보니 그게 아닌 것 같기도 한 걸요."

"난 뭐 사막에 대해 전문가는 아니지만 이번에 체험하게 된 것으로, 사막은 우리 모두의 삶의 여백으로 존재하기 때문이 아닌가 하는 생각이었지요."

"……삶의 여백…? 정말 좋은 발견이네요."

"그게 어디 나만 그렇게 생각했겠어요? 일찍이 사막을 답사한 사람이면 누구나 발견했을 텐데."

"난 그랬어요. 처음 사막은 마냥 삭막할 줄만 같았는데 아니더군요. 안 그런가요?"

"안 그런 게 뭔가요?"

"모르겠어요."

"그게 아마……, 여백이 아닐까요?"

"뭐라고 해야 할지 나도 모르겠군요."

"사막은 사막으로서 존재하기 때문일 테죠. 그러니까, 사막은 침묵으로 말하기도 하던 것이라고 할까요. 내가 알기로는……. 그렇지만 그 말을 우리는 알아듣질 못하지만 말입니다."

"풀 한 포기, 나무 한 그루 없는 곳으로 언제나 바람만 불고 모래뿐인 곳, 뭔가가 있는 것 같은데 없기도 해서 모르겠어요. 그저 너무 삭막할 뿐이라는 생각이라……."

"그건 우리의 눈으로 보았을 때의 사막일 테고요. 사막에서는 사람이 주인이 아니지 않겠어요? 사막은 사막으로서 존재하는 것, 그것이 존재 이유라고 할까요?"

"그렇지만 사람이 없는 사막이 무슨 의미가 있겠어요?"

"사막은 우리가 모르는 것을 너무 많이 갖고 있다는 걸 알아야 할 걸요."

"아, 모르겠어요. 숙제는 아닌데 세상 참. 너무 어렵군요."

"많은 것을 갖고 있으면서 말하지 않는 그건 사막의 겸손이고 미덕인지 모르지요. 모른다고 해서 없다는 것은 아니니까요. 인간의 무지에 대해 질책하지도 않는, 하여간 사막의 그런 겸손함을 모른다는 것은 인간의 오만이라고 할까요?"

"어머, 어쩌면……."

"나무 한 그루, 풀 한 포기 없는 모래의 세상이라고 해서 버려진 대륙쯤으로 평가 절하하면 안 될 겁니다. 사막은 그 자체로 사막이니 말입니다. 사막의 존재 가치는 우리들의 의식 세계를 확대해 주기도 하거든요."

해가 넘어가고 있었다.

넘어가는 그 해는 언제 또 다시 돌아올지 모르는 길을 가는 나그네만 같았다.

눈길이 가 머무는 모래 언덕 너머 저기에 회오리 바람이 소용돌이로 모래를 감아 치솟고 있었다.

이제 곧 어두워질 것이다.

우리는 리조트로 돌아가 저녁을 먹은 후, 의자를 갖고 다시 사막으로 나앉게 되었다. 그래 봐야 리조트의 바로 문 밖일 뿐이지만.

조금 더 어두워지면 만날 밤하늘의 총총한 별을 보기 위해서였다.

별들이 하나 둘씩 얼굴을 내밀더니 손을 흔들었다. 어제 본 그 별들인지 모르겠으나 어느 것도 알아 볼 수는 없었다. 별들은 아무리 보아도 안면이 익숙해지질 않았다. 금성, 화성, 목성, 토성, 그 붙박이 별 항성(恒星)들……, 흐를 때면 유성(流星)이지 않겠는가.

나는 천문학자가 아니기에 그걸 다 기억으로 붙들어 둘 수 없었다.

사막은 매일 밤 그 별들을 보고 있으리라.

별들이 서로 무슨 말들을 하는지 알 수 없었다.

"오늘은 내 얘기를 좀 할까? 알고 싶지 않은가요?"

"……알고 싶은, 무슨 얘기를 말입니까?"

"난 결혼을 했다가 이혼을 했어요. 그리고 애가 하나 있는데 딸애예요. 내가 키우고 있고요."

그러고 보니 에밀 그녀도 상처가 있는 여자였다. 만약 그녀를 사랑하게 되면 나는 그녀의 상처까지도 사랑해야할 것이다. 여자에 대한 난이도는 사람에 따라 제각각이겠지만 에밀을 말한다면 매우 단순하다는 사실이었다. 그러면서 어떤 면에 있어서는 나이브하다고 할까. 하여튼 마음을 끌리게 하는 여자였다.

"딸이 하나 있군요. 난 아들만 둘인 걸요. 집안에서도 말을 안 듣고 제 방에만 들어앉았는데 어떻게 할 수가 없어요."

"호호호. 딸애는 내년이면 초등학교에 갈 나이에요."

"딸애는 남자애들 보다 훨씬 사랑스럽다고 하던데, 그런가요?"

"그건 모르겠어요. 아직 어리고 혼자라서. 뭐가 어떻게 될지 이제부터 신경을 써야 할 나이가 돼 가는 것 같은걸요."

"엄마가 집에 들어가면 재잘거리지 않는가요?"

"왜 아니겠어요. 목을 틀어 안고 입을 맞추고,……. 온갖 소리로 재잘거리는 게 여간이 아니에요."

"엄마는 사랑을 줘야할 의무가 있는 걸요. 당연히."

유토피아를 찾아서

#〈 〉

한낮 즈음이었다. 저기에서 모래 바람을 일으키며 한 대의 승합차가 껑충거리며 달려오는 게 보였다.

나는 에밀과 함께 밖으로 나왔다가 호기심에 찬 눈으로 달려오는 승합차를 지켜보게 되었는데 이유라면 승합차의 껑충거리는 모습이 재미있는 아이들 놀이 같았기 때문이었다.

한참만에 승합차는 리조트 앞에 다다르게 되었고 문이 벌컥 열리면서 뛰어내리던 사람은 뜻밖에 떠났던 샌디와 길메어였다.

깜짝 놀란 사람은 나와 에밀이었다.

"이거, 어떻게 된 일이야?"

소리 친 것은 반가움에 어쩔 줄을 몰라 하던 에밀이었다.

"응. 우리가 너무 쉽게 포기했다는 생각이 아니었나. 그래서 다시 돌아 온 거야."

"오, 하느님! 정말, 잘했어!"

세 사람은 한꺼번에 얼싸안고 마치 어린애들 마냥 껑충껑충 뛰기까지 했다.

그러다 에밀이 다시금 말을 이었다.

"그래. 잘 있더냐?"

"뭐가?"

샌디가 외쳤다.

"세상 말야."

"얘는…? 여긴 뭐 다른 세상이냐?"

"궁금해서 그래."

"궁금할 게 뭐 있냐? 세상은 우리한테 관심 없는 모양이었어."

그때 옆에서 길메어가 거들었다.

"내가 없으면 세상도 없는 거야. 그런데 세상이 네 걱정을 할 리가 있냐."

"알아. 우린 언제나 아웃사이더였으니 말야."

그랬는데 하나 주효했던 것은 잔뜩 싣고 온 필수품이었다. 10인용쯤 되는 텐트를 비롯해 식재료며 차량용 가솔린에 준비할 건 다해 왔던 것이다.

그래서 그날로 리조트에서 나와 조금 떨어진 곳에 커다란 텐트를 치기로 했다. 너무 좋았다. 좋은 나머지 샌디, 길메어 두 사람을 향해 에밀이 말했다.

"허블은 준비 안 했냐?"

"호강스러운 소리는. 허블이 쉬운 거냐?"

"무슨 소리냐? 우리들 눈이 다 허블 아니냐."

"에잇, 그러냐…."

리조트가 가까운 곳이라 달리 신경 쓸 일은 없었다.

가까이서 사람 소리를 듣는다는 것만으로 든든했다. 사람이 살지 않은 곳일수록 사람의 체취가 소중하다는 것을 체험적으로 알게 된 계기였다. 사람은 역시 사람을 의지해서 살아가는 공동체라는 사실도 새삼 깨닫게 되었다.

그날 밤에야 사막에서의 밤을 제대로 맞은 것 같았다.

"이 세상에 사람이 많을까, 별들이 많을까?"

"그걸 대답하는 사람이 있을까?"

"저 별들을 다 가져와 지구 사람들에 하나하나씩 나눠서 가진 다음에 세면 되잖아."

"아, 별을 따다 주겠다는 그런 남자, 어디 없을까?"

"왜라니? 그런 남자가 없어 아직 결혼을 못한 처지를 보고서……. 한다는 게 그 소리야?"

샌디가 말했다.

"얘는, 하는 소리 봐. 노처녀 신세타령 같다야."

에밀이 하는 핀잔이었다.

다시 여자가 셋, 남자가 하나였다.

모닥불은 타오르고 밤은 깊어져 갔다.

내일은 어떤 날이 될지 누구도 알지 못하지만 오늘은 일단 자야 하는 것이 당면 과제였다. 하지만 밤하늘의 무수한 저 별들을 두고 누구도 잠들려 하질 않았다.

내일은 내일이라는 생각들이었다. 그들의 가슴에서 영영 손짓하던 것은 유토피아에 대한 갈망으로 꿈에서도 그 유토피아는 찾아야만 하는 것이었다.

"세상이 그렇게 빈곤해? 한 여자에게 별을 따다 줄 남자 하나 없다니. 쯧. 안 됐다, 안 됐어. 그래서 돌아 온 거야?"

"사실은 우리가 돌아갔을 때 세상이 온통 우리 두 사람을 향해 비웃고 조롱하는 것 같았어. 그래서 나나 길메어나 당황하지 않을 수 없었거든. 꼭 하는 말들이 그래. 니들이 무슨 유토피아를 찾겠다는 거냐, 어림 반 푼어치도 없는 소리지, 유토피아가 그렇게 아무에게나 눈에 띌 것 같냐? 하는 것 같았다니까. 그래서 견딜 수가 없었어. 보는 사람마다 손가락질을 하며 그러는 것 같더라니까. 할 수 있냐. 이왕 나선 걸음 인생을 걸고 찾을 때까지 다시금 한 번 가 보자 하는 생각이었어. 그래서 다시 온 거야."

"우리가 너무 성급했던 것 아닐까 하는 생각도 했었어. 그 생각이 우리를 다시 도전하기로 만들었고 말야. 별 것 아냐."

"고마운 마음도 없지 않았던 거지. 어쩌면 에밀이 지금쯤 우리를 기다리고 있을지도 모르잖아, 하는 생각. 그게 우리로 하여금 다시 용기를 내게 했던 거야."

"오, 고마워라! 어쨌든 고맙다니까."

그들의 이야기 속에서 나는 이방인인듯 했다. 그저 불만 뒤적거릴 수밖에 없었다. 그때 나를 향해 샌디가 말했다.

"지금, 무슨 생각을 그렇게 하고 있는 거예요?"

그 말에 찔끔하던 나머지 나는 살며시 웃었다.

불빛으로 인해서 였을까. 그때 내 얼굴의 굴곡이 어땠는지 그렇게 깔깔거리던 그녀들의 표정이 한꺼번에 굳어지면서 내게로 시선이 모아졌다.

나는 할 말이 없었다.

"인생이 이럴 줄 모르고 세상에 왔다는 생각이었지요."

"어머머. 후회한단 말예요?"

"후회는 아니지만 결코 생각하지 않을 수 없는 문제라……."

"왜 그런 생각을 해요? 고리타분하게."

그렇다. 고리타분할지 모른다. 그래서 떠나 올 때 삶의 존재 이유며, 무엇 때문에 사는 지를 캐 보겠다는 생각이었지 않았는가. 그걸 노린 놈이 있었다. 놈은 내 삶의 멱살을 잡고 들던 것으로 참으로 거북하던 존재였다.

나는 놈을 이길 자신이 없었다.

그날, 아침 화장실 거울 속에서 만난 그 사내가 나를 향해 대뜸 하던 소리였던 것이다.

언제나 그 얼굴이야.

나는 거울 속으로 사내를 노려보았다.

어째, 그러냐? 살만 하냐.

나는 대답하지 않았다.

고생이 많다, 많아.

그러면서 사내는 너스레까지 떨던 것이었다.

아침부터 나는 있는 대로 기분이 상한 나머지 잔뜩 열을 받았다. 그랬으나 사내는 상대가 되지 않았다. 생각 같아서는 한 주먹 내질러주고 싶었지만 그럴 수도 없었다.

그때 사내가 초치는 소리를 다시금 하지 않겠는가.

무엇 때문에 사는지 알기나 하냐.

그 소리에 나는 정신이 번쩍 했다.

손을 들고 말았다.

내 일방적인 참패나 다름이 없었다.

그 말로 해서 나는 쫓기듯이 떠나왔던 것이다. 그렇지만 이 길에서도 무엇 때문에 이 세상으로 왔는지 지금까지 답을 찾을 수 없었다. 이 바닥 사막에서 이제 생각해 보니 그것은 결국 내 자신과의 싸움이었던 것이다. 나는 그 싸움에서 패한 것이나 다름없다는 것도 모르지 않았다.

샌디가 다시금 앞뒤 없이 말을 이었다.

"19세기 옷을 21세기 스타일에도 맞는다고 우길 수는 없는 일 아니겠어요? 그처럼 인생은 안 변했다지만 그런 고리타분한 개똥 철학은 이 시대에서 안 통한다는 걸 모르시나봐요?"

이건 완전히 면박조였다.

이번에도 나는 참패를 당하는 꼴이었다.

"개똥 철학이든 맹물 철학이든 우리는 인생을 살아야 하지 않겠습니까. 그 살아야 하는 인생에 대한 의문과 가치를 뭐라고 하느냐 말입니다."

"그건 인생에 대해서 어떤 기대치를 갖고 있다는 것 아니겠어요? 그런 기대치를 한 번 내려놓아보세요. 그런 무거운 짐을 갖고 무엇을 어쩌자는 거예요."

샌디의 말이 어쩌면 옳을는지 모른다. 그렇더라도 나는 동의할 수가 없었다.

"목숨이 살아 있는 한 그 짐을 벗을 수 있을까요?"

"벗어보세요. 그러면 지금과 같은 그런 개똥 철학은 뒤돌아볼 것 없이 버려질 거예요."

그녀의 말이 옳을는지 모른다. 아니 틀렸는지는 더더욱 알 수 없는 일이었다. 그렇지만 그렇게 종횡무진으로 좌충우돌이던 것에는 감당할 수가 없었다.

나는 단숨에 또 당한 꼴이었다. 어이가 없기도 했다.

"인간이 뭐 그렇게 가치 있는 것인가요? 나고 죽고, 나고 죽는 것 뿐인데. 모두 내 의지와는 상관없이 이루어지는 게 이따위 인생이고. 그래서 다시 말하면 이 세상으로 태어날 때 내 마음, 내 의지대로 태어난 것도 아니잖아요. 어머니, 아버지라는 두 개체가 자기들끼리 애무와 발정으로 벌인 정사 끝에 생겨난, 나라는 것은 어디까지나 그들의 부산물(副産物)에 지나지 않는다는 거예요. 그런데 뭐 큰 의미를 부여하자는 거예요? 뭐가 있기나 한가 말예요."

그녀의 말이 틀리던 것이라고 할 수는 없었다. 그러나⋯. 역시 그러나였다. '그러나' 뭔가가 있지 않을까, 하는 생각. 그 뒤에 뭐가 있을 것 같다는 생각, 인간은 역시 그런 것이었다.

휴,

나는 한숨을 내쉬었다.

"인간이 결코 그렇게 가치 없는 존재라 할 수는 없으리라 생각합니다. 왜 그런가 하면 문화와 예술을 창조하고 문명을 이룩하는 주체로 지금까지 이 지구를 지켜오며 세상의 주인으로서 부끄러움 없이 살아왔으니 말입니다. 그런 인간을 너무 폄훼하고 과소평가하는 것은 적절치 않다고 생각합니다."

"앞에서도 말했지만 우리 인간은 태어나는 것도, 죽는 것도 내 의지와는 상관없는 것 아니겠어요? 모든 것이 그렇게 진행된다는 사실을 두고도 그런 말이 가능한가 말이에요. 사는 동안 내 의지대로 되었으면 하지만 내 의지대로 되는 게 뭐예요? 이것도 저것도 아니거든요. 그래서 하는 말이라면 인간의 삶은 뭔가의 조정에 따라 진행되므로 우리는 그저 삐에로에 지나지 않는다 그 말이에요. 그러므로 삶이라는 이 숨막히는 상황에 대해 우리가 할 일은 정말 아무 것도 없다는 것. 어때요? 무슨 반론이 있는가요?"

그녀는 헤헤거리며 웃기까지 했지만 나는 웃을 수가 없었다.

"비록 인간이 그렇더라도 그냥 뒹굴며 살다 가는 것이라고 생각하기에는 너무 아쉬워 조금이라도 생각해 볼만한 가치가 있을지도 모르는 이 사막을 헤매게 된 거라고 할까요. 어쩌면 있지도 않을 그 유토피아라는 신화를 찾게 될지도 모른다는 막연한 기대. 그러면서 찾겠다는 그것만으로 가치 있는 일이 아니겠는가 하는 생각으로……. 그래서 이번 여행의 출발점이 그것이라 하겠지요."

마무리가 될 수 없는 말이면서 마무리를 하게 되었다.

어쩌면 길메어의 말도 틀리지 않는지 모를 일이다. 그렇지만 내게서 인간에 대해 잠재울 수 없는 강한 무엇이 여전히 남아 고개 숙이지 않고 있었다.

나는 유토피아라는 신화 따위를 찾겠다는 것은 아니므로 거기에서 그들과의 길이 다르다는 주장이었다. 동시에 내가 수긍할 수 없던 것은 우리가 살고 있는 인생에 대해 견해가 제각기 다를 수 있지만 샌디의 면박조의 발언은 좀 아니라고 생각했다.

어쨌든 나는 그녀를 진취적이라고 생각하고 싶지 않았다. 오히려 고루하다는 쪽으로 몰아가고 싶었으나 더 이상 거기에 대해 왈가왈부하지 않기로 했다. 이렇다 하는 명쾌한 반론은 제시하지 못해 다소 모호하게 되었더라도 그건 어쩔 수 없는 일이었다.

"에잇, 다 관둬요. 그러다 자칫 논쟁하겠어. 그건 여기서 그쯤 해 두는 게 좋겠어."

에밀이 중재로 나서면서 우리는 웃고 말았다. 그러나 내 가슴에 남아 나를 힐끔거리던 놈으로 인한 미진함을 어쩔 수 없었다.

미진함은 미진함이었다. 그렇게 해서 별 것도 아닌 인생에 대한 허무감은 처리되지 않은 채 가슴 한 쪽 구석에 그대로 방치되고 말았다.

충만함을 모르는 삶, 충만하고자 급급했던 인간살이, 세상의 눈치를 보며 요령마저 부리고자 했던 인간관계, 앞만 보고 내달았던 지난 세월, 그 결과 찾아오던 것은 공허감과 허무였던 것이다. 허무는 인생을 깨닫게 했지만 결론은 아니었다. 그런 허무가 어디서 오는지도 알지 못했다. 좋게 말한다면 삶의 부산물 정도로, 혹은 삶을 비추는 거울쯤으로 생각하면 될까. 하여간 허무는 그대로 방치해 둔 채 밤만 깊어 갔다.

이날 밤도 나는 숙제를 하지 못한 아이 같은 심정으로 잠들어야 했다.

인간의 삶이란 얼마나 모순덩어리며 이중적이지 모른다. 충만을 몰아치던 것은 언제며 또 허무를 불러오던 것은 무엇 때문이란 말인가.

아내와 결혼을 하고자 했을 때도 그랬다. '이 세상에서 당신만큼 아름답고 예쁜 여자가 있을까.' 하는 말을 거침없이 쏟아냈던 사내가 나 자신이었다. 그 말이 거짓으로 포장된 것이라는 것쯤은 그때도 모르지 않았다. '만약 당신이 없었다면 난 언제까지 여자를 알지 못하는 불충한 남자 신세를 면치 못하고 구천을 떠돌고 있을 거요.'

지금이라면 낯간지러워서 못할 소리지만 적어도 첫날밤을 맞기 전까지 그 말은 유효했던 것이라 신기할 따름이었다.

거짓말이나마 그런 찬사를 받던 여자가 아내였다. 그런데 아내가 이렇게 변할 줄은 상상도 못한 일이었다. 어째선지 세상에는 여자가 변하는 것을 막는 법은 있지 않았다. 그런 것을 두고 세상을 여자들 편이라고 몰아세울 수는 없지만 말이다.

이날 밤, 잦아들고 있는 모닥불 위로 별들의 쇼가 펼쳐졌다. 소위 우주쇼였다. 감탄과 환호성이 한꺼번에 터져 나왔다.

"와우, 장관이닷! 장관이야!"

"저걸 못 보고 인생을 살았다 할 수 있나?"

"맞아. 인생도 저렇게 한 번 멋지게 장식할 수는 있어야 할 텐데."

"거기에 또 인생 타령이냐?"

"시답잖은 인생, 그런 데나 써먹지, 뭐 별 수 있나."

"얘는, 너무 그러지 말아. 그래도 내 인생 하나 만드느라 울 엄마 아빠 하룻밤 고생은 했다는 것 아니겠냐."

"어쭈. 그게 고생이냐? 그게 고생이라면 그런 고생, 난 밤마다 하겠다."

"그 소리, 엄마 아빠를 너무 폄훼하는 것 아냐?"

"너네 엄마만 했냐? 그건 아니지. 자기네들이 즐거웠던 결과물로 내 인생 살아가자니 따분한 건 누구 책임인데?"

여자 셋, 남자 하나,

그 중에서 남자 하나쯤이야 있거나 말거나 였다.

듣는 사람 없는 자유방임구역, 마음껏 떠드는 그녀들의 대화는 에로틱할 뿐만이 아니었다. 직설적이고 함유적이던 것이 나중에는 범벅이 되어 그 밤을 난무하던 것이었다.

이제 그럴만한 나이에 다다른 여자들이라 입에 양기가 올라 에로틱한 언사를 가감 없이 토로해 사막의 밤마저 예사로 오염시키는 것 같았다.

유토피아를 찾아서 191

나는 듣고 있을 수밖에 없었다. 이때 내 반응이라면 웃음 짓는 정도가 전부였으니 말이다.

남자라는 조건으로 나는 이미 국경선 저 밖으로 밀려난 난민 신세에 다름 아니었던 것이다.

이번에는 길메어가 말했다.

"이 밤도 쓸쓸하게 이렇게 가는구나, 내 청춘 참으로 슬픈 일이야."

"그래. 낮에 보니 여긴 굉장히 뜨겁던데 밤이 되니 다 식어버렸어. 내 몸을 한낮의 사막처럼 달궈 줄 뭐는 없을까?"

"그래. 여긴 약점이 그거야. 왜 남자 대여(貸輿)하는 곳이 없냐 말야. 사막에는 본래 여자가 살 곳이 아니던가 봐."

급기야 발칙한 소리까지 등장하던 것이었다.

남자의 모럴로써는 낯 뜨거울 정도의 질펀한 물 오른 여자들의 입담 좋은 소리들.

밤은 무심하게 깊어져 갔다. 중년의 여심이란 섹스라는 깃대에 걸려 펄럭이는 깃폭에 다름 아니던 것이라고 할까.

모두 잠자리에 든 후였다.

나는 별을 본다는 핑계로 자지 않고 밖으로 나와 모래 바닥에 누워 밤하늘과 마주하고 있었다.

그 밤, 내 머리 속은 간단하지를 않았다.

인가 하나 없고 사람 없는 깜깜한 낯선 사막의 밤 별빛 아래서 생각하다 보니 눈물이 나게 하는 내 인생, 지우개로 지우고 다시금 그려야 할 것 같다는 생각이었다.
그때 텐트자락이 흔들리는가 하더니 자는 줄로 알았던 에밀이 어둠을 헤치고 나왔다.
"아니, 왜 안 자고 나오는 거요?"
"잠이 안 오는 걸요."
"무슨 걱정이 있어요?"
사막 저편에서 잠들지 않은 바람이 어둠을 몰로 불어왔다. 낮이었으면 모래가 보였을지 모른다.
에밀이 가만히 손을 내밀어 내 손을 잡으며 하는 말이었다.
"우리, 이 길 저쪽에서 그만 헤어질 건가요?"
나로서는 그건 아직 생각하지 못한 것이었다.
"글쎄. 그건 아직 준비하지 못한 일인 걸요."
"난 준비하고 싶지 않아요."
"다들 유토피아가 찾아질 때까지는 시간이 남아 있는 것 아니겠어요?"
"아닐 거예요. 난 내가 찾던 정신적 유토피아가 당신을 만난 것이라고 생각해요. 나는 그 유토피아가 제발 신기루가 아니기를 빌어요. 그래서 이제 그 유토피아만 확보하는 때면 나는 바라는 게 없는 걸요."

"그렇지만……,"

"그렇지만, 뭐예요?"

"난 아내와 이혼을 해야 할 문제가 남아 있어요. 그래서 돌아가 그것부터 해결해야 합니다."

에밀의 긴 한숨이 밤을 흔들었다.

한참의 시간이 흐른 뒤였다.

에밀이 물었다.

"그 이혼, 나 때문에 하는 건가요?"

나는 부인했다.

"아, 아뇨. 이미 준비 돼 있는……. 사실 처음은 그 문제가 부수적인 것이었지만 지금은 아닌 걸요. 그래서 정리를 어떻게 하느냐 하는 그런 생각이죠."

에밀은 아무 말도 않고 잠자코 있었다.

이 나이가 되도록 무지했던 여자에 대해 에밀을 통해서 조금이나마 알게 되었다는 사실은 누구에게보다 내 자신을 위해 중요한 것이었다.

여자의 내밀하고 오묘한 섭리, 여자의 욕구 구조 위에 잠재하던 숨결, 여자가 찾아 갈망하는 거기에 진정한 여자의 섭리를 알게 하던, 그리하여 그 섭리를 비로소 터득하게 되었던 것이라 할 수 있었다. 예전 시골집 할머니들이 모여 주거니 받거니하던 말 중에서 그 평범한 넋두리, '사람은 음식 끝에 마음 상하고 x끝댕이에 정든다'고 했지만 지금까지 그 뜻을 알지 못했던 지난 시절, 어쩌면 그 넋두리야 말로 진정 삶의 진솔한 진수가 아니었을까, 하는 것을 이 나이에야 깨우치게 된 것이기도 했다. 그로 해서 무엇보다 여자의 욕구 구조가 남자와 다르지 않다는 사실까지도 알게 되었으니 말이다.

"당신을 만나기 전에 나는 내 자신에게 실망했던 여자였어요. 그런데 이제는 실망하지 않을 거예요. 오직 당신만 사랑하는 여자로……."

"당신을 사랑해요!"

#〈 〉

차라고 아무데나 다 다니던 것은 아니었다. 그래서 차는 다음 날로 돌려보내기로 했다.

천막에서 이틀을 보냈다.

이틀 뒤에는 텐트를 걷고 물건들을 챙기고 준비를 완료했다.

그리고 모두 길을 떠나기로 했다.

떠나면서 처리를 하다 보니 가장 곤란하던 것이 텐트였다.

십 인용이나 되는 텐트를 한 사람이 지거나 메고 운반한다는 것은 무리였기 때문이다. 결국 텐트를 뭉쳐서 썰매처럼 끌며 카라반을 시작하게 되었다.

일행은 모두 네 사람이었다.

한낮의 사막 날씨는 뜨거웠다.

하루를 걸었다. 사흘째 되는 날은 다들 지친 나머지 파김치가 되었다. 가장 힘을 빠지게 하던 것은 역시 텐트의 운반이었다. 별 것 아닌 것 같은데 텐트는 거추장스러울 만큼 처치 곤란이었던 것이다.

첫 날 텐트를 걷어서 뭉친 다음 썰매처럼 끌고 가기로 했을 때까지는 그럴 줄을 몰랐다.

두 사람이 힘을 합쳐 끌고 가기로 했을 때는 그다지 힘이 드는 것 같지 않았는데 모래에 발이 빠지기 시작하면서 힘을 쓸 수 없는 데다 썰매까지 모래에 빠지던 것으로 도무지 나아갈 수가 없는 지경에 이르게 되었던 것이다.

하루 종일 걸어도 이십 킬로미터를 채 못 걸을 상황이었다.

힘은 빠지고 사람들은 지쳐 갔다.

텐트를 번갈아 끄느라고 힘은 다들 똑같이 빠진 상태였다.

나는 이럴 때서야 저번에 가버린 남자를 생각하게 되었다. 그 남자라면 힘을 좀 쓰지 않겠나 하는 생각에서였다. 남자는 체격이 좋았던 것으로 기억 되었다. 그래서 힘깨나 쓸 만한 남자가 아쉽다는 생각이 들었다.

정오를 지나게 되자 모두 그림자처럼 모래 위에 누워 버리게 되었다.

지금까지 이 길을 지나갔을 수많은 사람들의 이야기며 발자국에 대해 기억하기를 완강히 거부하던 사막이었다. 그래서 걷는 길에는 아무것도 떨어져 있질 않았다.

다들 뻗어버린 결과였다.

시간이 얼마나 흘렀는지 모른다. 제멋대로 보낸 시간이었다.

해가 뉘웃 했다.

땡볕으로 내려 쬐던 기운이 가시면서 더위가 한풀 꺾인 나절이었다.

오늘 밤은 이곳에서 그대로 노박을 하자는 의견들이었다. 그러자면 밤을 지내기 위해 모닥불이라도 피워야할 테고 불을 피우자면 나무토막이라도 있어야 할 형편이지 않겠는가.

나는 먼저 일어나 주위를 돌며 불 피울 거리들을 모으기 위해 이리저리 뒤뚱거렸다. 덤불이며 언제 적에 굴러 왔는 지 모를 나무 가지하며 몸통을 잃어버린 채 말라비틀어진 뿌리들이 하나씩 눈에 띄는 대로 주워 모으게 되었다.

불 탈 수 있는 것이면 가능했다.

사막에서는 하루 중 타오르는 모닥불 주위에 둘러앉았을 때가 가장 행복한 순간이었다. 마치 그때를 위해 고난을 겪는 것도 같았으니 말이다.

길메어가 소리를 질렀다.

"아, 유토피아를 찾는 게 이렇게 힘들 줄이야."

"그래. 우리가 왜 이 고생이지? 사막에서 유토피아를 찾으려 했던 게 잘못이었나? 안 그렇냐?"

"우린 유토피아가 사막에 있을 줄로 알았던 거지. 우리가 바본가?"

그때 내가 한마디 하게 되었다.

"어쩌면 유토피아는 몰라도 신기루는 만날 걸요."

"어머. 그럼 어떻게 하지? 신기루는 사람을 홀리는 것 아냐?"

"뭐야? 신기루란 그저 착시 현상일 뿐이야."

"그럼, 속인다는 것 아냐? 우리가 속을까?"

"사막에서의 유토피아란 없으니까 속을 것도 없을 거야."

제각기 하는 게 그런 말이었다.

"그럼 어떻게 해야 하지?"

"어떻게 하긴, 뭘 어떻게 해?"

"못 찾으면 말야. 못 찾으면 어떻게 하느냐니까."

그때 에밀이 한마디 거들었다.

"못 찾으면 어때. 실패하더라도 어쩔 수 없는 것 아냐? 그것이 이번 프로젝트에서 우리들의 시도였는 걸. 다만 우린 그런 열망을 갖고 있는 인생이란 것만 자신에게 확인하자는 그거였지 않냐? 그런데 뭐가 어때서 그래?"

그때 샌디가 언젠가 나를 향해 했던 질문을 다시금 하던 것이었다.

"미스터 설, 당신은 무엇 때문에 이런 사막으로 혼자 여행하게 되었어요?"

"난…, 난 그냥…, 난 무엇을 찾고자 했던 것도 아니니까 염려 말아요."

나는 사표를 냈다는 소리를 하지 않고 그렇게 말했다. 일종의 속임수였고 나아가서 말한다면 위선이라고 할까. 이상하지만 거기에는 여자의 보호 본능을 자극하고자 하던 야릇한 심리도 없지 않던 것으로 말이다. 그러던 끝에 뭔가 뒤끝이 씁쓸하여 한마디 덧붙였다.

"사실은 피신 온 거라고 할까요?"

"피신이라뇨? 사막으로 무슨 피신을 온단 말예요?"

거기서도 내 거짓말은 계속되어야 할 형편이었다.

"그러니까, 뭐라고 할까요? 신문 기자는 기자로서 본분이 그렇잖아요. 정부 시책이며 권력의 횡포를 항시 비판하고 감시하는 것. 그렇지만 거기에 행동하는 양심을 부르짖는 기자를 그냥 두고 보는 통치자가 있겠어요? 기자의 입을 다물게 하는, 파시즘의 생산품이란 정적을 제거해서 여론을 평정하는 데 혈안이 돼 날뛰는 무리들이니까요. 그래서 어느 세월 동안 그걸 피해보자는 거죠."

"어머머. 그렇다면 무서운데요. 당신은 안 무서운가요?"

"공포와 두려움은 만국 공통어나 다름이 없는 것인 걸요."

"그러면 어쩌죠? 우리, 여자 셋이서 못 지켜 줄까요?"

"고마운 말씀이지만 그러다 공범으로 몰리는 때면 양심범이니 정치범이니 하는 소리 들으며 감옥 갈 각오는 되어 있어야 할 걸요."

"그까짓 거야 문제없죠. 뭐."

"그 결과가 혹독하다는 것을 생각해 보았나요?"

"피 끓는 전사의 정신을 한 번 발휘하는 때면 되지 않겠어요?"

"그 정신만은 감사하게 생각하겠습니다."

그러던 다음날 밤, 둘러앉은 자리에서 주된 논의는 텐트의 처리 방안이었다. 텐트를 계속 가져가느냐 하는 문제였다.

"텐트 때문에 우리가 너무 지쳐서 그래. 이제 어쩔 수가 없잖아. 그래서 여기에 버리면 어떨까 하는 생각이야."

길메어의 의견이었다.

샌디는 다른 의견이었다.

"가이드와 포터를 불러서 운반하도록 하면 어떨까?"

"아서라. 그건 아냐. 우리에게 그런 막대한 경비도 준비되지 않았거니와 본래 낭만적이었던 우리들의 취지나 목적에도 부합되지 않은 거잖아. 비록 서툴고 미숙해서 힘들기는 해도 우리끼리 이대로 가는 데까지 가 보자고."

에밀의 주장은 완강했다.

"그렇더라도 여기에 그만 버리고 가자고."

이번에는 샌디의 주장이었다.

"안돼! 버리긴 왜 버려. 버릴 순 없어."

그건 다른 두 사람의 일치된 의견이었다.

"그렇다면 어떻게든 힘을 모아서 가져가도록 합시다. 가다 보면 또 무슨 좋은 방안이 있을 테죠."

나는 분위기상 그렇게 의견을 조율하려 했지만 그것도 당장 받아들여지던 것은 아니었다.

"아유! 낭만 찾고 취지 찾다가 유토피아는 간 곳이 없겠어."

#〈 〉
다음 날은 온종일 가다 멈춘 곳이 구릉지대였다.
구릉지 군데군데에 돈대까지 있었다. 모래로 된 돈대는 높진 않았지만 그래도 경이로웠다.
일행은 돈대 아래에 텐트를 치기로 했다. 그런 다음 주위를 둘러보기 위해 돈대에 오르자 주위 조망권이 확보 되었다.
그순간 돈대 아래에 사람이 하나 웅크리고 있는 게 눈에 들어왔던 것이다.
나는 긴장했다.
누굴까 하는 긴장은 사람으로 하여금 전신에 긴장이 흐르게 했다.
나는 보고 또 보게 되었다. 그런네 뭔가 아닌 것도 같았다. 아닌 것도 같다는 내 생각, 그게 문제였다.
다시금 자세히 살피게 되었다. 눈을 굴리고 또 굴린 다음이었다. 아무래도 저번 새벽에 혼자 떠나갔던 그 남자가 아닌가 하는 생각을 하게 되었다. 행색이 완연 일치하던 것까지 확인한 다음이었다.
그를 향해 소리치게 되었다.
"거기서 뭐하는 거요?"

그가 상체를 움직여서 이쪽을 향해 바라보았다. 그가 희미하게 웃었다.

몸을 일으킨 그가 이쪽으로 걸어왔다.

"오! 다시 만났군요."

그의 말에는 반가움이 묻어있었다.

나 역시 그런 기분이었다.

그는 이 사막 어디를 여태 혼자 헤매고 있었단 말인가.

"반갑군요."

내가 지른 소리가 길게 메아리가 되어 내 쪽으로 되돌아왔다.

남자가 히쭉 웃으며 돈대로 올라섰다. 그의 배낭은 여전히 배가 불룩했다. 그래서 무척 무거워 보였다. 어찌 된 일인지 남자의 배낭은 그동안 통 줄어들지 않고 처음 그대로인 것 같았다.

"배낭이 너무 무거운 것 아니오?"

안쓰럽기도 해서 내가 물었다.

"무거워도 어쩔 수 없죠. 내 인생 전부를 몽땅 짊어졌으니 말이요."

무슨 뜻인지 남자가 그렇게 대답했다.

"그동안 돌아가지 못했단 말이군요?"

"돌아가기요. 난 돌아가는 길을 잃어버렸는걸요."

남자는 좀 천연덕스러웠다.

"그럼 그동안 뭘 했단 말이요?"

"저기까지 가서 원주민들과 며칠간 지내기도 하고……. 그랬지요."

"아, 그래요? 거기 어디에 원주민 마을이 있던가요?"

"있더군. 거기도 사람 사는 세상이더군요."

"거긴 어떻든가요? 사람들이…?"

"뭐……. 사람은 사람인데 뭐가 영 아니더라고요. 사람으로서는."

"아니더라는……, 뭐가 아니었어요?"

"그러니까, 마을이란 게……, 마을도 그렇지만 사람들도 그렇고……, 하여간 그랬어요."

그러자 옆에서 샌디가 나서며 다급하게 하던 말이었다.

"거가 혹시 유토피아는 아니던가요? 사람들 하고?"

"유토피아요? 뭐, 조그만 마을인데 유토피아는 무슨 유토피아요. 너무 보잘 것도 없던걸요……. 사람들이 살고는 있었지만."

"우린 거기가 유토피아라고 찾아가는걸요. 유토피아가 아니던가요?"

그 말에 남자가 찔끔하는 기색이었다.

"유토피아요? 그리고 이 세상에 유토피아가 어딨겠어요? 유토피아는 말도 안 되는 소리지요. 유토피아는 본래 신화라고 생각하는데, 안 그런가요?"

"그럼 아니더란 말인가요? 거기 사람들을 만나보았어요?"

"그, 그럼요. 며칠째 거기서 같이 지냈는걸요."

"호오. 살아보니 어떻든가요?"

"뭐, 거기라고 별 다를 게 있겠어요. 사람이란 다 같은 건데."

다들 기대가 무너지는 것 같은 기색들이었다. 지금까지 믿지는 않았지만 그래도 무엇인가 하고 기대를 걸었었는데 실망이었다.

어제까지는 없지만 오늘은 만날 수 있을 거라며 기대하고 찾으려 했던 그 유토피아가 그만 허공으로 날아가 버리던 순간이었다. 아니 그들의 가슴에서 애절히 끓고 있던 꿈이 부서지는 순간이기도 했다.

이제 그들로서는 좌절하거나 절망할 수밖에 없었다. 일말의 기대마저 사라지는 순간을 어떻게 말해야 할지 모를 노릇이었다. 그게 무너지면서 실망은 큰 좌절을 남기게 되었던 것이다.

"유토피아가 아니더란 말이면……? 거긴 어땠는가요?"

감당할 없는 좌절로 감정을 가누지 못한 샌디가 남자를 상대로 따지듯이 말했다. 남자는 숫기 좋게 샌디의 그런 말을 받아주고 있었다.

남자는 싱겁게 한 번 씩, 웃은 다음 말을 이었다.

"혹시 신기루를 말하는 것 아닌가요? 사막에는 유토피아가 아니라 신기루가 있다고 하니 말입니다."

그 소리가 그 소리였다.

"그런데 유토피아는 찾아서 뭐하게요?"

"뭐하다니요? 유토피아는 있는 것만으로 가치가 있는 것 아니겠어요?"

"이 세상에 유토피아가 어딨겠어요? 설혹 있다 하더라도 사람의 발자국이 한 번 닿기만 하는 때면 이미 오염돼 버리지 않겠어요? 그래서 유토피아란 존재할 수 없는 것이란 말이죠."

급기야 샌디가 발끈했다.

"사람 힘 빠지는 그런 소리는 말아요."

다시금 너털웃음을 한 번 지은 다음 남자가 말했다.

"없으니까 없다는 것 아니겠소, 그걸 꼭 있다고 해야 한다면 그건 속이는 것이고 사기 치는 것이고 거짓말인걸요."

남자의 말은 틀린 것이 아니라기보다 너무 순진한 직설이었다. 너무 곧이곧대로 진실하던 것으로 요령부득이던 것이다.

그때까지 듣다못해 내가 거들게 되었다.

"이제 그만들 하죠. 늘 하는 말이지만 그런 건 있다면 있는 거고 없다면 없는 것 아니겠어요. 유토피아는 그냥 유토피아인 겁니다."

"사막 한 가운데 있는 유토피아, 그것은 처음부터 비록 우리들 가슴에 꿈의 형체로 있다는 것이며, 그래서 아름다운 것 아니겠어요?"

옆에서 새삼 길메어까지 합세해서 샌디를 놀리려 했다.

"있다면 있고 없다면 없는 그런 것 때문에 우리가 이 고생을 하고 찾으려 했던 건 아니거든요."

나는 손사례를 치며 제지하기로 했다.

"생각해 보면 다소 억울하고 허무하더라도 할 수 없는 일 아닐까요? 여기서 이런다고 당장 유토피아가 신기루처럼 눈앞에 나타나는 것도 아니고, 인생이란 게 어차피 그런 것인 걸 어쩌겠습니까. 그리고 우리가 아날로그 시대에 살면서 디지털 시대를 지향하는 것과 같은 것이라고 생각하면 될 거요. 아마."

맥락 없는 내 말에 두 사람은 거기서 그렇게 숙연해지게 되었다.

남자를 향해서 내가 다시 물었다. 물론 다른 사람의 동의를 구했던 것은 아니었다.

"일정이 어떤가요? 웬만하면 혼자인데 우리와 같이 가도록 말이요. 어때요?"

남자는 그 자리에서 내 말을 받아들였다.

"그러죠. 불편하지 않다면 말입니다."

이번에는 에밀이 나섰다.

"우린 뭐 불편할 것 없지만 우리와 방향이 같지 않으면 어떡해요?"

"괜찮습니다. 방향이란 가다 보면 수정할 수도 있는 것 아니겠어요? 수틀리면 돌아가면 될 테고…. 같이 가죠."

그때는 남자도 내 말에 순순히 동의했다.

그렇게 해서 일행은 이제 명실상부 다섯 명으로 늘어나게 되었다.

저녁을 먹은 후, 텐트 밖에 모닥불을 피우고 둘러앉은 자리에서였다.

노변정담이나 다름이 없었다.

남자는 자기가 먼저 가 보았다는 낯선 그 마을에 대해 늘어놓기 시작했다.

"저기, 말이요. 동네라는 데가……. 아무도 가 보질 않았다면 모를 거요."

우리 중 아무도 가 본 사람이 있지 않았다. 그래서 다들 귀가 쫑긋하던 끝에 남자를 주시하다 여기저기서 몇 마디들 하게 되었다.

"아뇨. 아무도,"

"거기도 사람이 산다고 하지 않았던가요?"

"그래요. 거기도 그냥 평범한 사람들이 사는 곳이기는 했지요. 그런데 유토피아는 아니고요. 그리고 남자한테는 디스토피아였다고 할까요? 그뿐이 아니라 그들은 사람이 무엇인지 잘 모르는 것 같았어요."

그 말에 모두 귀가 번쩍 하는 눈치들이었다.

"뭐요? 남자에게 왜 디스토피아란 말인가요? 그리고 사람을 모른다는 건 또 무슨 소리예요?"

남자의 일갈로 유토피아를 박살당한 끝이라 모두들 호기심에 찬 눈들로 남자를 바라보게 되었다. 남자의 말이 맞다거나 틀렸다고 할 수는 없어 그러던 것이었다.

"왜요? 거기가 남자에게는 왜 디스토피아란 말예요?"

거듭해서 그 점을 다그치고 물었던 것이 여자들이었다.

유토피아를 찾아서

"거긴 여인천하(女人天下)이더군요. 이건 사생활에 대한 프라이버시 문제이긴 하겠지만 그러니까, 일처다부제(一妻多夫制)더라고요. 그리고 의식수준이겠지만 사람을 가축의 일종으로 생각하는 가치관이라고 할까."

"어머머. 뭐가 그래요? 그런 세상이 어디 있나. 여자에게는 거기가 바로 유토피아가 아니라고 할 수 없네."

"뭐요? 그게 무슨 말이에요?"

"유토피아는 아니라니까요."

"말하자면 남자는 많은데 여자가 적어서 한 집안에서 형님 한 사람만 결혼하면 나머지 동생 다섯, 여섯은 모두 결혼할 필요 없이 형님의 여자 즉, 형수와 아내처럼 살아야 하더라니까요. 한 가지 좋은 점은 애를 낳아도 너 애, 내 애 하고 구별할 것 없이 그냥 한 집안의 애로 치부하는 게 당연한 일이더라고요. 그리고 거기서는 여자가 곧 법이구요."

"호오!!"

"히야, 세상에 그런 데도 있나……?"

입이 딱, 벌어졌던 끝에 여자들은 그저 싱글벙글이었다.

"그런 세상이 있다니 놀랍군요."

"에잇, 그렇다면 여자는 쉬는 날이 없을 것 아냐? 하루 이틀 아니고 그래서는 어떻게 살아. 못 살지."

소리 친 것은 남자인 나였다.

"우리, 한 번 가 보자고요. 내일 당장 가보면 알 것 아녜요."

옆에서 길메어와 샌디가 이구동성으로 서둘자 남자가 손을 들어 흔들었다.

"안 돼요. 그 동네라는 데가 집들은 겨우 스무 가구쯤 되긴 한데 모두 흙과 돌로 쌓은 집들이고…. 내가 보기에 한숨부터 나오더라고요. 무엇을 하고 어떻게 사는지……. 너무 오래 도시와 동떨어진 채 살아 문명과 문물이라고는 모르고 퇴화된…. 마치 갈라파고스 같다고 할까요. 하여간 남녀 모두 문자라고는 해독을 못하는, 그리고 세상 물정하고는 담을 쌓아……, 숨 막히던 것이라면 남자들은 평생 놀고먹는 데다 지극히 게을러서 태고적 그대로 원시생활 환경을 벗어나질 못한 데다 어떻게 된 노릇인지 하는 일이라고는 기도하는 것뿐이고…. 거기는 경작지도 없는 지대라 농작물은 뭣도 없고 그저 양 몇 마리, 소 몇 마리 사육해서 그것으로 식솔들 전부가 매달려 있는 형편이라 말이 나오지 않더라고요. 그런데 또 한 가지는, 그들은 원천적으로 여자가 부족해서 외부 여자라도 보는 때면 야성(野性)이 돌발해서 어떻게 할지 모르니 외부 여자들로 얼씬 않는 게 좋을 거요. 접근하는 때면 지극히 위험하다는 점을 고려해야할 사항일 거요. 안전에 대해 보장할 수 없으니 말이요."

어쩌면 허풍 같기도 하고 어쩌면 자랑 같기도 한 남자의 떠벌이는 소리에 모두 말을 잃고 말았다.

만약 남자의 말이 사실이라면 거기는 유토피아가 맞는지 모를 일이었다. 경쟁이 없고 갈등이 없으며 아웅다웅 싸우지도 않는 그런 낙원 같은 곳, 낙원이 낙원일 때 갈라파고스가 된다는 것을 역설적으로 보여주던 것이라 할 수도 있을 것 같았다.

하여튼 그렇게 해서 그녀들의 영혼이 갈구하는 유토피아란 이 지구상 어디에도 없다는 것이지 않겠는가. 어쩌면 그건 잔인한 사실이기도 했다. 인간이 꿈꿀 수 있는 큰 것도 아닌 조그만 영토, 유토피아를 갈망하는 그녀들의 영혼이 머무를 수 있는 곳이 왜 없너란 말인가. 세상이 인색하고 불공평한 곳이 아니라면 또 모를까.

하여간 남자가 한 말로 인해 유토피아는 존재하지 않는 곳이 되고 말았다. 아니, 사라진 세계가 되고 말았다. 사람이 문자까지 해독하지 못한다는 것은 유토피아가 될 수 없었다. 때문에 남자의 말을 전적으로 믿을 수는 없지만 안 믿을 수도 없었다. 어쩌면 믿는다 하더라도 유토피아라고 할 수는 없을 것 같았다.

"그래. 맞아. 사내의 본성적인 야성, 그건 무서운 것이지. 역사적으로 그렇잖아. 군대가 적지를 쳐들어갈 때 여자들을 마음대로 취해도 좋다고 할 때면 무서운 용맹성으로 당해내는 자가 없다고들 하잖아."

"여자들이 거기서 한 번 붙들리게 되면 한 평생 탈출할 수 없을 거란 말이지요. 그게 더 위험하다니까요."

그 말에는 모두 진저리를 쳤다.

한참의 침묵이 흐른 뒤였다.

에밀이 입을 열었다.

"……그러니까, 이렇게 해서 정리하는 게 어떻겠어? 비록 유토피아가 있다 하더라도 외부와 단절을 했을 때는 갈라파고스처럼 퇴화의 길을 걷게 되고 외부와 교류를 하는 때면 본질이 오염된다는 그런 논리 아니겠어? 그렇다면 결론적으로 말해서 유토피아란 우리들 가슴에만 있을 뿐, 현실 세계에서 불가능한 것은 말할 것도 없고 그래서 존재할 수 없다, 뭐 그런 논리로 종결을 보는 것이 어때요? 다들 내 논리에 동의하겠어요?"

다들 박수로 동의를 표하게 되었다.

"거기가 유토피아가 맞는 건 사실인 것 같아. 다만 예전의 유토피아가 지금 이 시대에는 아니다 하는 뭐 그런 논리로 말한다면 말이지."

남자의 말이 끝나고 에밀이 내린 결론이었다.

어이서 에밀이 다시금 말을 이었다.

"그렇다면 우리도 여기서 정리를 하는 게 맞는 것 아닐까? 우리의 안전은 우리가 먼저 지켜야 하는 것이니까. 우리도 여기서 그만 멈추는 게 어때? 다시 한 번 하는 말이지만, 우리가 유토피아라고 하면 그냥 유토피아인 거야. 인간사는 데가 뭐 별난 게 있는 것도 아니잖아."

다들 말이 없었다.

"이번 우리의 유토피아 탐사 프로젝트는 한 번 여행한 것으로 하고 이쯤해서 마무리 짓도록 하자. 다들 어때?"

그 말 한마디로 분위기는 급진적으로 바뀌었다.

길메어와 샌디마저 이구동성으로 동조했다.

"그래. 좋아."

"우리, 좋은 여행 한 번 했다고 하자."

"그래. 우리 모두 축하해!!"

"축하해!"

"와웃, 야호~~!!"

아내의 편지

#〈 〉

날이 밝았다.

자고 난 아침, 그날이라고 여느 날과 다를 것은 없었지만 에밀을 비롯해 길메어, 샌디 등 그들은 이제 돌아가기로 했다.

다행이던 것은 그때까지 출장이 끝나지 않았다는 남자는 남을 것 같았다.

남자가 언제까지 남을지는 모르지만 그녀들이 떠난 빈자리를 메워 줄 좋은 사람임에는 적절했다. 공허감을 메우는 데는 고마운 친구가 될 것 같았다.

　나는 그들과는 관계없이 지난밤의 꿈을 생각하게 되었다.

　자고 난 그 아침에도 꿈은 너무 생생하고 선명하던 것으로 마치 생시만 같았다. 그래서 잠을 깨어서도 나는 꿈에 대해 반신반의한 생각을 떨쳐버리지를 못했다.

　어제 일처럼 너무 뚜렷하던 그 꿈은 도무지 꿈이라고 믿어지질 않을 정도였던 것이다. 뭐라고 할까. 꿈이 현실과 연결되어 있다는 것이라고 할까.

　아무리 생각해도 꿈이라기보다 직접 겪은 일만 같이 생생해서 깨어서도 여전히 그 속에 있는 것만 같은 기분이었다.

　한편 에밀과 길메어, 샌디 등 세 사람은 자고난 자리에서 의논한 결과로 여기서 이틀 정도 더 머물기로 의견이 일치했다고 전했다.

　아침부터 부산하고 수선스러울 분위기는 금방 딴판으로 달라지게 되었다. 서둘러서 텐트를 걷을 이유도 없어졌다.

　사실 그날로 그녀들의 유토피아 탐색 프로젝트는 공식적으로 종료된 셈이었다. 그래서 더 이상 머무를 이유가 없었지만 마음 놓고 이틀 정도는 그냥 지체하며 쉬다 가겠다고 하던 것이 그녀들의 의견이었다.

　그때까지 돌아간다는 것에는 아무런 결정을 하지 못한 나는 구경꾼 같은 꼴로 어정쩡하게 지켜보고 있을 따름이었는데 그렇지만 나의 내부적인 혼란스러움은 어쩔 수 없었다. 그들과 같이 할 이유라고는 하등 없었지만 그랬다.

그러던 끝에 나는 남자를 향해 은근히 물어보게 되었다.

"형씨는 어떻게 할 건가요? 출장은 아직 남았는가요?"

그 말에 이유 모르게 당황하던 남자가 정색을 하며 나를 바라보았다.

"아, 아뇨, 출장은 아직 뭐……. 끝나지 않았는걸요. 형씨는 어떻게 할 건 가요?"

"나…, 나요? 나도 아직……. 아직 돌아가지 않을 생각이지요."

"그럼, 잘 됐군요. 우리 같이 여기 좀 있기로 합시다."

그 말을 하던 남자가 슬그머니 나를 끌어서 텐트 뒤쪽으로 끌어갔다.

"형씨한테 고백할 게 있어요."

남자의 말에 나는 찔끔 하지 않을 수 없었다. 고백이라니, 무슨 난데없는 소리인가 해서였다.

"고백이라뇨? 무슨 고백……?"

"형씨는 좋은 사람이라고 생각하게 되었지요. 아니, 처음은 나를 미행하거나 체포하려는 경찰 끄나풀이 아닌가 했는데 체포할 생각을 않더규요."

"허허허. 물론 나는 경찰도 아니지만 누구를 미행하는 따위의 인간은 아니었소."

"고맙소. 형씨. 여기 잠깐 기다려요."

그런 다음 그는 나를 거기에 두고 텐트로 달려가던 것이었다.

남자는 자신의 커다란 배낭을 메고 달려왔다. 남자는 메고 온 배낭을 벗는가 하더니 내 앞으로 쓱 디밀었다. 그런 다음 배낭을 풀어서 펼치게 되었다. 그와 동시에 나는 눈을 의심하지 않을 수 없었다. 입까지 딱 벌리게 되었던 것이다.

배낭에는 그야말로 돈이 가득했다. 지금까지 보았지만 배낭에는 남자의 필수품이 들어있는 줄로만 알았었는데 그게 아니었다. 배낭 가득히 돈이 들어 있다니. 놀라운 일이 아닐 수 없었다.

"웨, 웬 돈이요?"

내가 지르던 소리는 어울리지 않게 비명에 가까웠다.

"내가 근무 하던 은행 돈이지요."

"아니, 회사가 부도났다고 하지 않았소?"

"그건 모두 거짓말이었소. 나는 은행원이었소. 거기서 출납 담당을 했지요."

"그래, 이 돈을 다 어쩔 거요?"

"그게 문제더군요. 나는 돈에만 억탁을 했지 어떻게 할 거라는 계획은 없었으니까요."

"아무런 계획도 없이 돈을 그냥 가져왔다는 거요?"

"그렇소. 내 생각이 짧았던 모양입니다. 아무런 생각도 하지 못했으니 말입니다. 어떡하면 좋겠어요?"

내게도 좀 느닷없는 문제였다. 뭐라고 할 수가 없었다.

"그걸 내게 묻는다고 당장 무슨 뾰족한 방법이 있겠습니까?"

"그럼. 우리 천천히 생각해 봅시다. 형씨. 그런데 아참, 하겠다고 해 놓고선……, 형씨한테 고백을 하지 않았군요. 난 횡령범이요. 그리고 현행범으로 경찰이 날 잡으러 올 거라고요."

나는 말이 나오지를 않았다. 돈은 많아도 보통으로 많던 것이 아니었다. 확실히는 몰라도 상당한 액수임에는 분명했다.

"형씨. 저 사람들한테는 비밀로 해 줘요."

"그거야 그러지요."

"그리고 형씨, 떠나지 말고 나랑 여기 좀 같이 있어 줘요. 불안해서 그래요."

"내 사정도 당장 떠날 처지는 아니요만……,"

"그런데 이 돈, 어쩌면 좋겠소?"

남자는 거듭하는 소리가 그것이었다. 그러고 보니 나도 난감하지 않던 것은 아니었다.

"그 돈을……, 그런데 쓸모도 없는 돈에 손은 왜 댔소?"

"그건, 그건 사실 나도 모르겠소. 어쩌다가 그렇게 되었지요. 일순간에 일로 그렇게 된 거요. 당장 돈이 필요하거나 탐이나서 그랬던 것도 아닌데……, 내가 죽일 놈이었지요. 나도 모르게 눈이 뒤집혀 이따위 짓으로 자행해 횡령 절도범이 되었단 말입니다."

남자가 그 자리에서 하던 소리로 보아 어쩌다가 한 순간에 돈을 횡령하게 된 모양이었다.

자신 스스로 거기까지 말하지는 않았지만 엉겁결에 도망친다는 것이 이 사막으로 내뛰어서 여기를 도피처로 선택한 모양이었다.

나는 한숨이 나왔다. 이건 예삿일이 아니었다. 그러고 보면 다른 분야에서는 모르지만 범죄에 관해서는 순전 신출내기 얼치기임이 분명했다.

세상 사람은 누구나 돈 앞에서는 약하다고 하지 않았겠는가. 그렇다면 우리 모두 이 남자와 마찬가지로 어느 순간에 그 유혹에 휩쓸리거나 무너졌을 때 자신이 생각하지 못했던 엉뚱한 짓으로 해서 범죄자가 될지 모르지 않겠는가. 그렇다면 우리 모두는 잠재적인 범죄자인지 모를 일이기도 했다.

"형씨. 그리고 말입니다. 우리 지금부터 이 돈을 쓸 방법을 연구해 봅시다. 돈을 어떻게 써야하는지 말입니다."

돈을 쓰는 방법. 사막에서 돈을 쓰는 방법은 무엇일까.

"그럽시다. 지금부터……. 무슨 방법이 있지 않겠습니까. 좋은 무슨 방법이 있을 테죠."

내가 할 수 있는 조그만 위로,

그건 나 역시 마지못해 한 말에 지나지 않았다.

무슨 방법이 있겠는가.

사실 지금까지 이 사막에서는 돈이 필요 없었다. 사막은 돈이 필요 없는 곳이기도 하기 때문이다. 인간이 사는 열외 지역, 거기가 사막일런지 모를 일이었다.

"그렇소. 형씨. 우리 함께 무슨 방법을 찾아야 하겠소. 무슨 방법이든 말이요."

저질러 놓고 일을 처리하지 못해 어쩔 줄 몰라 하는 것을 어떻게 해석해야 할까. 그렇지만 한 가지 분명한 사실은 이제 어떻게든 방법을 찾아야 한다는 것이었다. 거기에 나까지 골머리 아프게 개입하고 싶지는 않았지만 남자의 간곡한 부탁인데다 또 어쩔 수 없는 노릇이기도 했다.

남자의 처지에서 일이 잘 풀려서 나는 그가 옛날로 돌아가기를 바라는 마음이었지만 그게 가능할지는 미지수였다. 제발 잘 풀려서 예전에 그토록 사랑했던 아내에게로 돌아갈 수 있기를 말이다. 남자는 지금도 그 아내가 보고 싶다고 하지 않았겠는가. 그런 남자를 보는 때면 내 자신은 무슨 인간인가 싶었다. 나는 그와는 달리 한 번도 아내가 보고 싶다거나 그립거나 하는 일이 없었던 것이다.

그렇지만 생각할수록 일은 난감하기만 했다.

"이 돈, 다 쓸 때까지 형씨, 여기에 함께 있기로 합시다."

나는 그 소리에 어안이 벙벙했다.

얼마나 있을지도 알 수 없지만, 그 돈을 다 쓸 수 있을지 역시 모를 일이기만 했기 때문이다. 무엇보다 이 사막에서 무엇을 해서 그 돈을 다 쓴단 말인가. 그리고 또 쓴다고 해서 어쩌자는 것인지 결론이 난 것도 아니었다.

그때 남자가 씩, 웃으며 하던 소리였다.

그래도 이제 남자는 여유가 있어 보였다.

"도둑질도 해 본 놈이 하는 것이지 아무나 하는 것이 아니더군요. 제기랄."

그때는 나도 허허허, 하고 웃지 않을 수 없었다.

"그럴 테죠. 도둑질이야 말로 하던 사람만 하는 것이지 않겠소? 무엇보다 그 업에 이골이 난 사람이라면 두려워하지 않거든요."

"맞아요. 그 말, 난 돈만 가져오면 되는 줄 알았지 이렇게 불안하고 두려울 줄은 생각하지 못했던 겁니다."

그동안에 남자는 혼자 무척 생각이 많았던 모양이었다. 그랬지만 말을 질질 흘리지 않던 것으로 보아 뒤늦게나마 인간 됨됨이를 알만하던 것으로 생각했다.

"나중에 어떻게 되든 우선 그렇게 두려워하지는 말아요. 지금은 기왕 엎질러진 물이지 않겠소."

"그렇지요. 그렇지만 정말 두려운 걸요. 그래서 때로는 차라리 얼른 체포되었으면 하는 생각도 하게 되었지요."

그 말로 나는 그가 신출내기 얼치기라는 생각이 틀리지 않았다는 것을 새삼 확인하게 되었다.

남자가 말했다.

"형씨. 저 사람들, 저 텐트는 가져 갈 건가요?"

"모르겠는 걸요."

"두고 가면 우리가 맡아서 쓰다가 나중에 여기 둬서 대피소나 아쉬운 대로 휴게실로도 사용했으면 좋겠어요."

그 와중에 그런 생각까지 하는 남자였다.

"내가 한 번 말해 보지요."

"그렇게 해요."

남자가 배낭을 짊어지고 나란히 걸으며 하는 말이었다.

"난 이 놈의 돈 때문에 그동안 모든 사람을 다 경계하고 의심했던 거죠. 그랬는데 형씨한테라도 그 말을 하고 보니 절반의 짐은 덜은 것 같은 기분이오."

"뭐라고 할 수는 없지만 그렇다니 우선 다행이군요."

#〈 〉

이틀간의 시한을 두고 에밀이며 길메어, 샌디 등 그녀들은 정신적 무정부 상태가 된 것 같았다. 자유방임으로 그랬다.

나는 그녀들의 깔깔대는 모습이 부러우면서 한편으로 애석하기도 했다. 언제 또 저 같은 모습들을 함께 할 수 있을까 하는 생각에서였다.

한나절이 되었을 때였다.

"저기, 누가 오는 것 아냐?"

"히야, 사람이닷!"

그 소리를 신호로 일제히 그쪽으로 바라보았다.

멀리서 오고 있는 몇 명의 사람들.

건들거리는 두 필의 낙타 등에 올라앉은 사람과 낙타의 고삐를 잡은 사람이 휘적휘적 걸어오는 게 보였다.

사막의 장점이라면 거리가 상당한 데도 사물이 비교적 세밀하게 보인다는 것이었다.

나는 긴장했다. 이상하게 나와는 상관없는 긴장이 그렇게 휘감던 것이었다. 내 긴장은 나 말고는 누구도 눈치 채지 못한 것이었다.

그때 꿈 생각이 떠올랐고 왠지 불길한 예감이 들었다. 불길 한 것 같은 그 자체가 불길하던 것이었다. 꿈 때문에 그랬던 것이다. 그렇게 꿈이 좋지 않았다.

사막에는 누구나 다닐 수 있었다. 그러나 모두가 신기해하던 것은 이번에는 낙타를 탄 사람의 등장 때문이었다. 그건 모두가 약간의 부러움을 갖던 것 때문이기도 했다.

"뭐 하는 사람들일까?"

그 말을 한 것은 에밀이었다. 그녀 역시 신기하였나 보았다.

모두 기다리고 있는 것처럼 서있는데, 앞에 다다른 사람이 너무 뜻밖이라 먼저 소리를 지른 것은 나였다.

"누구야! 누구야? 이 사람, 순부(舜夫) 아냐?"

낙타 등을 박차고 훌쩍 뛰어내리는 사람, 내 친구 순부였던 것이다.

순부는 나와 절친한 친구였다. 분명 여기까지 찾아 온 것이라고 생각했다.

역시 두 팔을 있는 대로 번쩍 쳐들어서 순부가 말했다.

"여! 설작래! 널 여기서 찾아내다니! 이거, 어떻게 된 거야? 천우신조인가?"

그랬다. 여기서 서로 만나다니. 인간에게 텔레파시가 통한다 해도 보통 신기한 노릇이 아니었다.

우리는 동시에 엉켜서 서로를 얼싸안았다.

"어떻게 찾았냐?"

"그러게 말야. 모래밭에서 바늘 찾기라지."

"히야, 용타, 용해!"

"그게 우정의 힘 아니겠냐."

"하여튼 고생 많았지?"

"야, 너 여권(旅券)이 출발한 경로를 샅샅이 뒤진 끝에 이렇게 찾아오게 된 거지. 그럴 줄은 몰랐냐? 하긴, 내가 생각해도 신기해!"

"여기까지 찾아와 줘서 고마워."

"응. 그게 친구의 우정이란 것 아니겠냐."

순부는 그렇게 우정을 거듭 강조하던 것이었다. 그러다 신부가 다시금 하는 말이었다

"이 사막에 여행이라는 이름으로 도피한 거지? 맞냐?"

"그걸 꼭 말로 해야 되겠냐?"

"그럼……?"

"친구라면 그 우정 속에 전해져 있는 것 아니겠냐?"

"글쎄. 나는 아둔해서……."

"삶이라는 것을 일상에서 벗어나 멀리 두고 한 번 바라보자던 생각이었다고 할까. 뭐 그런 뜻이었던 거지."

"삶이 너만 생각할 문제는 아니잖냐?"

이번에는 순부의 말 속에 힐난이 없지 않다는 걸 알 수 있었다.

"그래. 우린 인간이라는 공동의 생명체로 살아가는 사람이니 누가 해도 똑같은 생각일 테지."

"너무 어렵게 생각할 것 뭐 있냐? 나는 너를 확인하고 너는 나를 확인하는 것에 우리가 존재하는 것 아니겠어? 그래. 꼭 여기까지 와야 할 이유는 그게 아닐 것 같은데?"

"그 이유…? 그건 우리들 존재 조건이 아닐까? 안 그래?"

내가 순부와 그러는 동안 다른 사람들은 주위에서 구경꾼이 되어 있었다.

그때 나는 순부의 추궁 앞에서 감당할 수 없는 것으로 다소간 난처한 처지에 처해 있었던 것이다. 그런 것 말고 순부가 반가웠던 것은 여러 가지 준비해 온 식료품과 물이었다. 사막에서는 누구에게나 가장 절실하던 필수품이 아닐 수 없었다. 통조림을 비롯해 사탕, 초콜릿 그리고 식수며 라면 햇반 등으로 정말 가득했다.

이 와중에 순부가 가져온 물건 가운데 나를 가장 당황스럽게 한 것은 아내가 보낸 편지였다. 순부의 목적이 그 편지였다는 것을 말하는 확실한 증거이기도 했다. 사실은 그 편지가 주된 지참물이었으니 말이다.

그 사막 땅에서 집을 나온 지가 상당 시일이 되던 때라 내가 아내의 편지를 받은 감정은 사정이야 여하하더라도 남다르던 것은 어쩔 수 없는 노릇이었다. 사실 그건 생각할수록 복잡했다.

나는 편지를 받자 얼른 접어서 주머니에 넣었다. 그러면서 용케 또 지난 밤 꿈 생각이 났다. 그 꿈은 너무 현실과 맞아떨어지는 것 같아 내심 놀라던 바가 없지 않았다.

나는 그때까지도 그 꿈을 모두 기억할 수 있었다.

꿈이 그랬다. 어디까지가 꿈이고 어디까지가 생시인지 분간이 안될 만큼 분명하면서 또 혼란스럽던지라 계속 헷갈릴 수밖에 없었다.

아침에도 그랬다. 자고나자 에밀과 헤어져야 하는 것 때문에 마음이 거기에 쏠렸었는데 꿈이 방해를 했던 것은 사실이었다. 무엇보다 그동안 들었던 에밀과의 정, 그녀를 통해 난해한 여자의 섭리(攝理)를 조금이나마 알게 되었다는 사실이 고맙게 생각되어서였다. 그건 십여 년을 함께 살아왔던 아내에게서는 발견하지 못한 것이기도 했다.

나는 에밀과의 관계에서 아내와는 전혀 다른 새로운 여자를 발견하게 되면서 당황스럽기도 했다. 나는 지금까지 그런 걸 알지 못한 남자였다. 아내가 있는 남자로 외간 여자와 접해 탐닉한다는 것은 죄악시하는 가정에서 자란 나는 여자를 제대로 알지 못한 빙충맞은 남자였던 것이다.

몰아쉬는 숨결과 함께 몰입으로 점증해 가던 끝에 정점에서 폭발하던 여자의 섭리, 그리고 테크닉, 상대로 하여금 끓게 하던 여자의 그 무엇, 에밀은 그런 것을 가감 없이 드러내던 여자였다.

내가 앞으로 인생을 살아가는데 있어 그런 것이 얼마나 가치 있고 유익할지는 모르지만 하여간 나로서는 새로이 눈을 뜬 것만은 부인할 수 없었다. 학습되지 않는 것을 배운다는 것은 쉬운 일이 아니지 않겠는가.

일례로 말을 하자면 에밀은 강요하지 않는 것에도 배려하며 헌신적이고 희생적이던 것이었다. 또 무엇보다 그녀는 에고에 집착하지 않으면서 희생할 줄 아는 여자였다.

"우리 이렇게 헤어지는 건가요?"

어제 저녁 잠들기 전 그 말을 하던 에밀의 두 눈에 글썽이는 눈물로 인해 찬란히 빛나는 별을 보았다.

"누가 헤어진다고 했나요?"

그건 그녀가 아닌 내 자신에게 한 말이기도 했다.

"그럼, 어떻게 해요?"

그 말이 앞을 가로막고 말았다.

그렇다. 어떻게 할지는 나도 알지 못했다.

어떻게 할 것인가.

한참만에야 나는 말하게 되었다.

"돌아가서 이혼하여 정리한 다음 돌아오겠소."

그 말에도 에밀의 두 눈의 눈물이 걷히던 것은 아니었다.

"믿을게요. 꼭 돌아만 오세요."

#〈 〉

나는 돌아왔다.

집으로 돌아왔을 때 나도 모르게 신경이 쓰이던 것은 아내가 어떻게 행동 하는가였다.

뜻밖에 아내는 내가 생각했던 것과는 달랐다. 그렇지만 나는 아내에 대해서는 내일 회사에 다녀 온 후 어떻게 하기로 하고 미뤄 두었다.

　다음 날, 회사로 나가자 생각도 못한 질책이 떨어졌던 것이다.

　"사표는 왜 냈나?"
　"그래서 저는 돌아올 수밖에 없었습니다."
　"뭐야? 돌아 온 이유가 뭐야?"
　"회사에 연락도 되지 않았지만 끝도 없이 무작정 헤매고 있다는 것은 아니다 싶었기 때문입니다. 그래서 돌아가자고 생각했습니다. 해외에서는 견딜 수가 없었습니다."
　"그런 점 이해하지 못하는 건 아냐. 자네, 알잖아. 회사에서는 지금 자네 사표를 두고 협의가 진행 중이라는 사실이야."
　"죄송합니다. 누를 끼쳐서, 제가 그만 두기로 하겠습니다."
　"뭐, 뭐야? 왜 그만 둬?"
　사표라는 말에 데스크는 격노했다.
　"안돼! 사표는."
　한마디로 거절당했다.
　나는 질책만 당한 끝에 결론 없이 회사에서 나와 집으로 오게 되었다. 그것이 내가 돌아 온 다음 날이었다. 아내가 뜻밖의 제의를 하던 것이었다. 이전이라면 상상도 못할 그런 제의였던 것이다.

"여보, 우리 여행 가요."

아내는 처음으로 내게 그런 말을 했다. 나는 귀를 의심하지 않을 수 없었다. 그래서 놀란 눈으로 아내를 바라보게 되었다.

"구라파 쪽이었으면 좋겠어요."

나는 말을 못한 채 그저 아찔 했을 뿐이었다. 나는 아내의 제의를 받아들일 수 없었다. 그 말에 나는 에밀과 한 약속이 먼저 생각난 것이었다.

무언가 일이 꼬이는 것 같은 기분이었다. 내가 그렇게 생각하게 된 이유는 여행에서 돌아왔을 때 아내가 이전과 다르다는 것을 느끼면서부터였다. 내 부재의 시간에 무슨 일이 있었던지 아내는 그전 같지 않았던 것이다. 달라진 것은 여러 가지였다. 그러니까, 상냥하고 싹싹하던 것도 그전에 볼 수 없던 것 중에 하나였다. 놀라운 것은 그것만이 아니었다. 아내는 고분고분하기까지 하던 것이었다. 그런 것은 나를 놀라게 하던 요인이 아닐 수 없었다.

그러자 나는 복잡해지기 시작했다.

내 의식에 자리 잡은 에밀과의 약속은 그럴 때도 살아나 고개를 들었기 때문이다. 내 망설임의 시간은 길어질 수밖에 없었다.

며칠을 망설이던 끝에 나는 드디어 아내에게 말하게 되었다.

"우리 이혼해."

아내의 반응은 달랐다.

"이혼은 왜?"

"그냥."

"난 안해. 하려면 혼자만 해."

그런 다음 아내는 몸을 일으켜서 이때도 법전을 끼고 자기 방으로 들어가 버리던 것이었다. 그런 다음 일이 어떻게 되려면 나도 아내를 따라 그 방으로 들어가야 하지만 나는 들어가지 않았다.

다음 날 퇴근해서 돌아 온 아내는 나를 상대로 따지고 들었다.

"당신, 이혼하자는 이유가 뭐야?"

"그걸 꼭 말해야 되나?"

"말 안하면? 이유 없는 무덤이 어디 있어?"

"그 이유라는 것을 모두 당신이 갖고 있기 때문이야. 그래서 나는 말할 가치가 없다고 생각해."

"그게 뭔데?"

"그 이유가 내게 있었다면 당신이 이혼하자고 했을 것 아냐?"

"무슨 소리를 하든 안돼! 나는 절대로 못해."

"그럼, 어떡하자는 거야?"

"안 하면 되잖아."

"그건 안돼"

"왜? 당신, 여자 있는 거야?"

"그래. 있어."

그 말에 아내는 대경실색이었다. 담박 기절을 할 것 같았다. 평소의 아내가 아니었다.

나는 아내가 내게 그렇게 관심이 많았나 싶었다. 아니면 본능적인 여자의 질투이던지 모를 노릇이기는 했다. 하지만 아내도 여자였으니 어쩌면 질투가 맞을는지 모른다. 아내도 여자도 였고 여자는 어디까지나 여자니까 말이다.

"어머, 당, 당신이? 이 남자가……?"

그러면서 비명을 지르던 끝에 아내는 넘어져 까무러치고 말았다. 결국 아내는 구급차에 실려 병원으로 가게 되었다. 아내가 병원으로 실려 가는 사태까지 일이 벌어지고 보니 계속 이혼 소리를 주장하고 있을 수 없던 것이 내 처지였다. 그럴 수밖에 없는 것이 다른 사람들이 아는 때면 이유 여하를

막론하고 악덕 남자로 몰리게 되는 것은 말할 것도 없고, 나더러 바람이 나서 그런다고 할 것이지 않겠는가 하는 힐난이 두려웠기 때문이다. 말하자면 이보 전진을 위한 일보 후퇴를 해야 하던 것이 그때 내 처지였기 때문이다.

 병원으로 실려 간 아내는 며칠째 돌아오지를 않았다.

 농성을 하자는 것인가. 그만한 것으로 그렇게 며칠 째나 병원에 누웠을 이유가 없다고 생각하던 나는 아내의 행동이 의심스럽기만 했다. 아내는 병가를 냈는지 출근도 하지 않는 눈치였다.

 아내의 병원생활이 길어질수록 난감하던 것은 내 쪽일 수밖에 없었다. 이러지도 못하고 저러지도 못하는 처지였으니 말이다.

 나는 마땅히 선택할 출구가 보이지 않았다. 내 그런 사정을 전해들은 친구가 나를 위로하고자 만남을 요청했다.

 "우린 아직 이혼에 대한, 뭐라 할까. 생활 구조며 거기에 따른 의식이 아직은 비판적인 기류이거든. 그러니 네가 그 이혼에 대해 다시 한 번 고려해 보는 게 어떠냐?"

 나는 친구의 말을 거기서 막아야 되겠다고 생각했다. 더 발전하게 되는 때면 무슨 소리가 나올지 모르던 것으로 그랬다.

 "고마워. 그렇지만 내 말도 들어봐 줬으면 좋겠어. 세상에는 말야, 많고 많은 게 부부잖아. 그렇지만 부부 사이의 일이란 누구도 어떻다, 저떻다 할 문제가 아니라고 생각해. 더욱이 거기에 생활이니 관습이니 하는 것을 개입한다는 건 있을 수 없다고 생각해. 본래 부부 사이란 오직 부부 당사자들만이 아는 영역이라 거기서 문제된 일은 거기서 해결될 수밖에 없는 성질의 것이라는 것, 안 그렇냐?"

친구는 말뜻을 얼른 알아듣는 것 같았다.

"그래. 그렇다면 이 문제는 여기서 그만 끝내자."

친구는 거기에 대한 의견으로 더 왈가왈부할 것을 즉시 걷어 들였다.

꿈은 꿈이었다. 그랬지만 정녕 꿈이라고만 할 수도 없었다. 잠에서 깨어나서도 얼른 현실로 돌아오지 못했던 것은 꿈이 현실같이 너무 선명하던 것으로 그랬다.

잃어버린 길

#⟨ ⟩

"너, 내가 여기까지 왜 왔는지 알겠냐?"

순부가 하던 것은 마치 시비하러 와서 따지고 드는 사람 같았다. 자신이 거기까지 찾아오게 된 것에 불만을 토로하지 못했다가 급기야 장본인인 나를 만나게 되어 화풀이라도 하듯 그렇게 말하던가 보았다. 그렇지만 나는 순부가 왜 거기까지 나를 찾아왔는지 알지 못했다. 그때까지 나는 아내가 지참하여 보낸 편지도 읽지 않아 순부가 어떤 용무로 오게 되었는지 그리고 무엇을 하고자 하는지를 구체적으로 알지 못했다.

"모르겠어. 무엇 때문이야? 그 편지 때문인가?"

궁금하기도 해서 나는 우선 그렇게 되물었다.

"그래. 그거야."

나는 그만 말문이 막혔다. 내 예측을 순부가 그대로 드러내던 것으로 말이다. 순부가 나를 찾아서 거기까지 달려올 이유가 없다고 생각하던 바였는데 그 대답에 아연해 하지 않을 수 없었다.

그때 순부가 다시금 하는 말이었다.

"네 부인이 즉시 돌아오라는 간청이었어. 그냥 가자고."

"지금은 못 가."

"못 가? 왜? 이유가 뭐야?"

"이유…? 이유가 뭐 있나 그냥이야. 그냥 못 간다는 것뿐이야."

"그건 지금 여기서는 이유가 될 수 없는 소리잖아?"

"너, 사막을 모르지?"

"그래. 몰라."

"난 처음부터 사막을 찾아 왔거든."

"그래서, 그게 어쨌다는 거냐?"

"아직도 모르겠다는 거야. 그래서 당분간 여기 그냥 있을 수밖에 없어. 그래서 못 가."

"좋아. 잘해 봐!"

순부는 더 말하지 않았다. 그 말을 마지막으로 순부는 돌아가고 나는 남겨지게 되었다. 순부가 돌아가는 것을 옆에서 지켜보던 사람들 역시 말이 없었다.

내가 아내의 편지를 읽게 된 것은 순부가 돌아간 다음이었다.

'…여보, 어디 계세요? 그동안 건강은 어떠세요? 애들을 비롯해서 우리 식구 모두 당신만 기다리고 있어요. 당신이 비워놓은 집안에는 애들도 그 전과는 달리 아버지를 찾으며 아버지 어디 갔냐고 해요. 당신이 있어야 하는 자리는 여기 우리집이잖아요. 그런데 늘 비어 있어요. 그 전에는 몰랐던 당신이라는 자리는 한없이 컸던가 봐요.'

아내의 편지는 내가 생각하던 것과는 너무 다르던 것으로 놀라지 않을 수 없었다. 편지만으로는 이게 무슨 개벽인가 할 정도였다. 아내도 이렇게 변할 수 있는 여자였다니. 참으로 상상도 못한 일이었다.

꿈에서처럼 아내는 변한 여자가 되었다. 사람이란 참으로 모를 대상이기만 했다.

'…여보, 어서 돌아와요. 그동안 생각해 보니 당신께 내가 잘못한 게 많았던가 봐요. 이제 그걸 알겠다고요. 돌아오세

잃어버린 길 239

요. 그때는 몰랐었는데 지금은 퇴근해서 돌아오는 때면 바로 당신 생각부터하게 되고 당신이 없는 빈자리에서 늘 불 꺼진 집안 같음을 느껴요. 그건 모두 당신이 없기 때문이란 걸 알게 되었어요.

　여보, 이 편지 받고 제발 어서 돌아오세요. 당신이 없는 빈자리는 텅 빈 가슴처럼 날마다 그늘만 쌓여가고 있어요. 그런 날이 하루 이틀 길어지면서 내 한쪽 옆구리에는 알 수 없는 바람이 불고 있어요. 우리 식구 모두 당신만 기다리고 있다고요. 여보…….'

　나는 아내의 편지를 읽다 접어서 다시 주머니에 넣고 말았다. 내가 돌아갈지 어떻지는 나도 모르는 일이다.

　착잡했다.

　순부가 떠나며 마지막으로 하던 말도 귀에 남아 있었다.

　"너, 부인이 바쁜 사람을 보내서 여기까지 널 찾아 헤매게 한 게 뭐 장난인 줄 아냐?"

　"그래. 알아. 장난이 아닐 테지."

　"사람이 자기의 신념만을 고집하는 동물일 수는 없는 거라고 생각해."

　순부의 말 가운데 뼐이 돋쳐 있었다. 동물 운운하던 것 역시 그냥 한 것이 아니라 거기에는 다하지 못한 불만이며 심지어 욕설까지 포함되어 있던 것이라는 걸 모르지 않았다. 그랬으나 나는 거기에 대한 반감을 가질 여유가 있지 않았다.

순부가 돌아가고 아내의 편지도 보다 말았다. 내일이면 모두 떠난다고 해서 나는 에밀에 대한 강한 마음을 어찌 할지를 몰라 내심 안절부절이었던 것이다.

시간적으로 불과 며칠간의 일이지만 그녀에 대한 인간적인 내 마음의 쏠림은 뭐라 말할 수가 없었다. 무엇보다 에밀과 헤어질 때면 찢어질듯 애절한 마음이었다. 그 애절함을 두고 어떻게 해야 할지를 나는 알지 못했다.

어찌보면 도무지 이해가지 않을 노릇이었다. 우리가 만난 것이 불과 며칠인데 그 사이 그렇게 깊어졌더란 말인가 싶었다. 사람의 일이란 참으로 모를 노릇이기만 했다. 남녀 간의 사랑이란 일순간에 이루어진다고 하던 말이 전혀 틀린 것은 아닌가 보다.

그렇게 돌이켜 볼 때면 내게도 문제가 없지 않았다. 그때 나는 이 사막으로 그냥 떠나온 것이 아니었다. 적어도 뭔가를 잔뜩 짊어진 그런 형국이나 다름 없었던 것이다. 그러니까, 내 인간의 삶이라는 것에 대해 가졌던 공허감. 그 메워지지 않는 것에 대해 나는 패자가 되었으니 말이다. 본분에서 벗어나 엉뚱했던 것이라 할 수 밖에 없었다. 그런 내 처신을 뭐라고 해야 할까. 길을 가다 사람 하니 없는 빈 정서상 대합실의 먼지 앉은 목재 의자에 보따리를 통째로 놓고 온 것이나 다를 바가 없던 것이라고 할까.

하여간 이 사막으로 떠나 온 이유는 그게 아니지 않았겠는가. 무엇 때문에 사는 지도 모르는, 단지 그저 살아야 하는 것이 살아가는 이유의 전부인 이 무미건조하고 닉닉한 권태로운 삶이라는 것이며 그날이 그날로 이어지며 거듭되는 이유 모를 맹목성. 그래서 공허와 권태감에 시달리고 부대끼면서도 치유할 수 없는 삶의 정체성을 만나보고자 하던 것이었는데 엉뚱하게 그게 아니었던 것이다. 그런 내 행동은 참회해야 할 충분한 이유가 없지 않기도 했다.

그랬다. 그동안의 나는 궤도 이탈한 고장난 위성이나 다를 바가 없었던 것이다.

그래도 되는 것일까.

그래서는 안 되는 짓인데 그랬다. 그건 누구의 심판을 받는 것은 아니지만 내 인간의 그릇된 행동임에는 변명의 여지가 없기도 했다.

나라는 인간은 그렇게 무심하던 것이었다.

#〈 〉

"우리가 어쩌다 이렇게 되었어요?"

에밀은 곧 흐느낄 것만 같았다.

그때도 나는 아무 말도 준비하질 못했다. 무슨 말을 해야 할지 몰라 가만히 그녀의 손을 잡았을 뿐이었다.

"나는 당신과 헤어지는 것을 상상하고 싶지 않아요. 그건 내 생애를 통해 가장 비참하고 슬픈 일이기 때문이에요. 슬프고 가슴 아픈 일이라고요."

"에밀, 우린 헤어지지 않아도 돼요."

"어떻게, 어떻게 말예요? 어떻게 그럴 수 있단 말예요?"

"난 돌아가지 않고 여기 있겠어요. 그리고 당신이 온다면 기다리겠어요."

"정말, 정말 그럴 수 있겠어요? 그럼, 나도 다시 오겠어요. 나도 가서 주위를 정리해 놓고 오겠어요."

"당신이 온다면……, 기다리지요. 기다리겠소."

"그래요. 올게요. 꼭 돌아오겠어요."

"기다리지요. 기다리겠습니다."

"당신을 만난 것은 내 인생 행운이고 찬란한 순간이었어요."

그렇게 해서 에밀과 길메어, 그리고 샌디, 그녀들은 모두 떠났다.

모두가 돌아갔다.

온다고 했으니 나는 기다리기로 했다. 아니, 그건 약속이었다.

남은 것은 아무 것도 없었다. 에밀과 했던 한 가닥 약속을 지키기 위해 지금부터 나는 어떤 노력도 다해야 하리라고 다짐하게 되었다. 그 약속은 내 가슴 한 쪽 구석에 숨겨져 있을 뿐이었다.

나는 손을 들어 멀어져서 지워져 가는 그림자 같은 그들의 뒷모습을 향해 하염없이 흔들지도 못했던 것이다. 그 순간에도 작별이 아니라고 그저 우기기만 했을 뿐이었으니까.

어쩌면 허망한 것도 같았다.

아무 말도 하지 않고 곁에서 보고만 있던 남자가 길게 기지개를 켜며 중얼거렸다.

"아~! 만나고 떠나고……. 이 모든 것이 사람의 인연인가 보구나."

모두가 밟던 모래와 재잘거리던 추억이 남아 있었다.

오늘이라도 해가 지고 어두워지면 그 영상들이 추억으로 가슴에서 살아날 것이었다.

나는 한순간 내부가 텅 비어 버린 것만 같았던 것이다. 오랫동안 멍하니 앉아 있었다. 그녀들이 멀어져 간 사막의 저쪽을 바라보며 뒤늦게지만 자꾸 눈물이 나려하던 것이었다. 뜻 모를 눈물은 그렇게 가슴을 적시고 들었다.

　이제 어떻게 할 것인가.

　나는 말을 잃은 채 긴 그림자와 함께 거기 모래 벌판 가운데서 망부석처럼 언제까지 서 있었다.

#〈　〉

　오늘은 확실히 새로운 날이다. 그러나 이 모래판 사막에 새로운 날이 있을 리가 없었다. 모두가 어제와 연계되어 있었으니 말이다.

　그런데 사막이 더 넓어진 것은 사실이었다. 비록 관념적인 사항이지만 기분에 따라 지구까지 헐렁해 진 것도 같았다.

　세 사람의 여자들이 비워놓고 간 자리로 해서였다.

　에밀과 길메어 샌디, 세 사람이 떠나면서 생긴 그 공간으로 이름 지을 수 없는 바람이 불어 왔다. 바람이야 불면 부는 것이겠지만 그 바람에 맞서 견뎌야 하던 것은 풀어낼 수 없는 가슴앓이 였다.

　해가 넘어가기 시작하면서 마치 어린 시절 장에 간 어머니가 미쳐 돌아오지 않았을 때 한없는 기다림을 가슴에 안고 동구 밖 거기에 나섰던 그 마음 같았다.

보내지 말아야 했던 사람을 보낸 것 같은 잉뚱한 기분은 뭐라 표현 할 수 없었다. 나 자신이 흡사 사막 한가운데 떨어져서 갈 길을 잃은 것 같다는 생각이었으니 말이다.

마음은 눈물을 나게 했다. 그녀들이 멀어져 간 저기를 향해 마음껏 소리쳐서 불러 보고 싶은 간절함은 어둠이 내리면서 더욱 절실해졌다. 사람의 마음이란 이상할 정도 였다. 여행길에서 잠시 만났던 인연에 지나지 않았던 그녀들이건만 그토록 강한 것을 남겨놓을 줄은 알지 못했던 것이다.

등불처럼 흔들리는 간절함을 추스르느라 앉았는데 해가 넘어가고 있었다.

해는 넘어가면서 만감을 불러오기도 했다.

요며칠 사이 나는 알게 모르게 내일이라도 당장 돌아갈까 하는 생각에 내몰리던 중이었다. 그럴 때마다 짐짓 당황하지 않을 수가 없었다.

나는 아직 돌아갈 준비를 하지 못한 상태였다. 그러면서도 나는 그 준비가 무엇이던지도 알지 못했던 것이다.

내가 마무리하지 못한 것은 미진함으로 남은 것이었다. 이 사막길에서 내가 얻은 결론이라면 나는 꿈이 박제된 인간이라는 사실이었다. 그것을 알게 된 것은 인간으로서 큰 수확이 아닐 수 없었다.

돌이켜 볼 때는 그동안 여기서의 내 일정은 처음 떠나올 때 했던 것과는 본궤(本軌)에서 사뭇 벗어난 행동이지 않았겠는가. 그러니까, 떠나올 때 내 자신과 했던 약속을 나는 아직 이행하지 못하고 있었으니 말이다. 삶의 이유라는 것을 찾고자 했던 것 말이었다. 그것에 대해 나는 사내한테도 부대끼며 조롱을 당하듯 말 못하지 않았겠는가.

그랬지만 아직 나는 빈손이었다.

그때 남자가 다가와 옆에 풀썩 주저앉으며 하는 소리였다.

"형씨한테 고백할 게 있다고 했지요?"

"저번에 하지 않았던가요?"

"정말 해야 할 고백을 이제 해야겠어요."

"또 무슨 고백을 할 건가요?"

"형씨. 여편네를 도둑맞은 사내의 기분을 이해하겠습니까?"

무슨 소리인가 해서 나는 뚱한 얼굴이 되어 남자를 바라보게 되었다.

나는 남자가 하는 고백이라면 어저께 들었던 바, 횡령에 관련한 그 연장 선상의 일이라 생각했는데 새삼 또 꺼내는 소리는 그게 아니던 모양이었다. 엉뚱하기까지 했다.

"난 처음 분통이 터져서 견딜 수가 없어요. 그때를 생각하면 지금도 그래요."

"누구 이야기인가요?"

"고백을 하겠다고 했으니 물론 내 사정이겠지요."

"그래요?"

내게는 전혀 예상하지 않았던 이야기라 신경이 집중되지 않을 수 없었다.

"그러니까, 하나 밖에 없는 여편네였단 말입니다. 그리고 난 그 여편네를 무지무지하게 사랑했거든요. 지금도 사랑한단 말입니다."

그러면서 남자는 그만 펑펑 울기 시작하던 것이었다. 북받치는 울음을 삼키질 못해 흑흑거리기 까지 하던 것이었다.

남자의 그 울음은 나를 당황하게 했다.

잠시 사이 나는 남자와 같은 동류적인 감정에 합류하게 되었다.

누구나 여편네를 도둑맞은 사내라면 그 감정은 알 만하지 않겠는가.

곁에서 나는 그 울음을 지키고 있어야만 했다.

뭐라고 해서 달랠 수도 없었지만 위로조의 말을 꺼낼 수도 없던 것이라 그때의 내 처지는 동류적인 감정과는 달리 애매하기 그지없었다.

한참을 울던 남자는 울음을 조금 그치는가 하더니 말을 띄엄띄엄 이어갔다.

"여편네는 집을 지키며 애들을 돌보고 집안일을 하던 것이었는데 나는 그런 여편네를 대견하고 사랑스러워서 무엇이든 다 해 줄려고 했지요. 그런 여편네가 이웃집 놈팽이 놈과 붙어먹었단 말입니다. 그게 말이 됩니까. 가슴을 칠 노릇이었지요. 나는 하늘이 무너지는 것 같았습니다. 눈에 아무 것도 보이지를 않았다구요. 눈이 뒤집혀서 보이는 게 없었지요. 주먹으로 내리쳐서 세상을 그냥 확 부셔버리고 싶은 생각이기도 했거든요…. 그래도 분이 안 풀릴 것 같았습니다. 그 여편네 머리 끝탱이를 잡고 한껏 두들겨 팬 다음 날, 그래도 출근은 해야 되니 어쩌겠습니까. 일은 그때 그만 묘하게 되었지 뭡니까. 평소 은행에는 직원이라고 누구나 금고에 접근할 수는 없었습니다. 그렇게 엄격해서 상시로 접근 할 수 있는 사람은 담당자와 지점장뿐이었지요. 금고 열쇠도 세 개로, 관계자 세 사람이 하나씩 나눠서 보관했는데 금고문을 열려면 세 사람이 모여야 열고 닫을 수 있었던 겁니다. 그런데 그 중 열쇠 하나를 담당자로서 내가 가지고 있었는데 그런 관계로 열쇠 가진 사람은 여간해서는 쉬지를 못했습니다."

"그 은행에는 근무한 연한은 얼마나 되었소?"

"십육 년이 좀 넘었지요. 이제는 아무 소용없지만 말입니다."

"그 십육 년이 헛되이 떠내려갔군요."

"빌어먹을! 그렇게 돼 버렸어요. 내 인생 꼬일려니 그랬던가 봐요. 그날 아침 출근을 하니 금고의 첫 번째 문이 열려 있고 두 번째 문 열쇠가 담당자 책상 위에 놓여 있지 않겠습니까. 그 직원은 화장실을 가서 나오지를 않아 맨 안 쪽 열쇠로 금고를 열게 되었지요. 금고를 열자 갑자기 내 마음이 변해 발광을 했던 겁니다. 여편네로 해서 뒤집힌 눈깔이 그 지경이 되었던 거죠."

남자는 거기서 말을 멈추는가 하더니 한숨을 한 번 길게 내쉬었다.

"금고에는 본래 돈이 가득 하잖아요. 그때도 그랬거든요. 뒤집힌 내 눈에 그 돈을 몽땅 가지고 튀자, 언놈이든지 한 번 죽어보아라, 하는 그런 감정이었지 뭡니까. 도대체 그따위 감정이 어디서 왔던지 몰라요. 그런 것을 나는 세상에 대한 보복으로 생각했던 거죠, 빌어먹을! 그때 그만 내 인생은 조지고 말았던 겁니다. 눈이 뒤집혀서, 눈이 뒤집혀서 말입니다. 나는 그 돈을 가지고 그 길로 이 사막으로 내뛰게 된 겁니다. 형씨, 난 그런 인간이요. 죽일 놈이죠. 내가…, 내가 말입니다. 으흐흑흑……, 으흑흑흑……."

남자의 울음은 쉽게 그칠 것 같지 않았다. 한참을 울음 속을 헤매던 남자는 그 울음을 그치는가 하더니 다시금 울며 말했다.

"그때 말이죠. 돈이라는 것은 누구나 의식적으로 유혹하는 물건이지 않겠소. 거기에 형씨가 넘어간 것 아니겠소?"

그제서야 울음을 그친 남자는 내 말에 단호히 부정하고 들었다.

"아니죠. 지금까지 난 누구보다 돈을 많이 다뤄서 잘 안다고요. 오래 동안 은행원으로 근무하며 돈을 만져왔기 때문에 누구보다 돈을 잘 알지요. 알면서 그따위 짓을 했을 때 이거, 내 꼴이 뭐가 됩니까. 난 그동안 단 한 푼의 착오 없이 잘해 왔거든요. 그런데 해서는 안 되는 그따위 짓을 자행하다니. 내 인간이 얼마나 옹 했느냐 말입니다. …… 지금까지 쌓은 성실함이며 정직하자던 내 삶이 한순간에 이 꼬락서니가 되다니. 형씨. 이게 뭡니까?"

"너무 그럴 것 없어요. 한 순간에 저지른 실수인데 스스로도 용서해야지요."

"아니지요. 아침저녁 그렇게 단속하고 경건하게 만지던 그 돈한테 내가 당하고 말았다고 할까요? 이렇게 무너진 꼴입니다. 그래서 난 너무 억울하던 밀입니다. 지금까지 살아온 내 인생이 허무해서 그래요. 나중에 은행에서 정년을 한 후에 말입니다. 무엇이라고 말해야 하겠습니까? 무엇을 어찌 했노라는 말쯤은 할 수 있어야 하지 않겠습니까. 난 착실하게, 성실히 잘해왔노라고 말할 수 있어야 한다고 줄곧 타이르고 다스렸거던요. 그랬는데 이제 인생을 살았다는 보람이라고는 아무 것도 없단 말입니다. 참으로 빈손이지 않겠습니까."

"그럴테죠. 더욱이 은행원으로서 자기가 관리하던 공금을 손대서 지금까지 성실히 살아 온 것이며 근면했던 것들이 한꺼번에 날렸으니 그럴 만도 하지만 어쩌겠습니까. 억울한 거야 당연하겠지만 말입니다."

"돈은 때로 살아 있는 생물 같기도 하고 때로는 신 같기도 했거든요. 나는 그걸 알고 있었다고요. 그래서 돈을 돈처럼 다뤄왔다고요. 돈이 얼마나 무섭거나 얼마나 보잘 것 없다는 것도 누구보다 잘 알지요. 돈한테 이기는 법은 철저하게 무시하는 방법 뿐이라는 것도 알지요. 돈을 무시히면 돈은 맥을 못 쓰는 한낱 종이 조각에 지나지 않습니다."

"그런 전문성도 이제 내려놓아야 하겠군요."

한 차례 남자의 긴 한숨이 뒤따른 다음이었다.

"형씨. 내가 변명이 너무 심했던 건 아닌가요?"

"아니요. 당연히 해야 할 말들이던 걸요. 너무 상심해 하지 마십시오."

"아……, 그런데 가슴이 찢어지게 아내가……, 아~, 아내가 너무 너무 보고 싶단 말입니다. 보고 싶다고요. 오! 아내여…!"

울음을 삼키던 남자는 새삼 그렇게 부르짖으며 흐느끼던 것이었다.

"돌아가면 되지 않겠소. 내일이라도 당장 돌아가십시오. 돌아가서 아내를 다시 만나세요."

"형씨. 난 절도범입니다. 현금 절도범이라고요. 그런 절도범한테 아내가 보고싶은 게 무슨 소용이 있겠습니까. 아내를 그냥 만날 수만 있으면 좋으련만……. 내가 가는 때면 그날로 체포될 거란 말이요."

"뭐 죗값이란 게 그렇지 않겠소. 계획적인 범죄가 아니라 일시적인 충동으로 그렇게 실책이었다는 게 입증되는 때면 정황상 그리 큰 죄는 아닐 겁니다."

"난 아내를 용서하고 싶어요. 용서할 겁니다. 아내를 용서한단 말입니다. 그렇게 해서 내가 갇힌 철창 저 너머로나마 면회 오는 때면 그 얼굴을 한 번이라도 보고 싶단 말입니다. 으흐흑흑……."

남자의 울음은 적막한 사막의 밤을 처절하게 했다.

#〈 〉

인적이 끊어진 사막의 밤.

그래도 그 밤을 동반하던 것은 한 가닥 모닥불이었다.

타는 모닥불로 적막을 지키기에는 그날의 내 감정은 그리 단순하질 않았다.

남자의 울음도 그때쯤은 그친 다음이었다.

나는 남자와 마주앉아 텅 빈 밤을 지키게 되었다.

"형씨를 만난 것은 내 인생 최대의 행운이었던 것 같습니다.

남자는 불을 쑤시며 그렇게 말하던 것이었다.

"무슨 그렇게 과분한 말씀이신가요? 사람 거북하게,"

"아닙니다. 이 사막을 생각하지 못했던 것처럼 형씨를 만나리라고는 생각도 못했던 것인데……, 이렇게 만날 줄을 누가 알기나 했겠습니까……. 그리고 난 이 사막을 왜 진즉 생각하지 못했는지 모르겠습니다. 여기, 사막을 생각하고 달려왔더라면 그 같은 분노에 그렇게 휘둘리지는 않았고 그래서 아내의 잘못쯤 한 번 사람으로서 할 수 있는 것으로 생각하고 용서할 수 있었을 텐데 말입니다. 그랬으면 은행원으로서 공금에 손을 대는 과오 같은 것은 저지르지 않았을 것이란 말입니다. ……난 그렇게 여유가 없는 인간이었던가 봅니다. 그렇죠? 그랬으면 공금으로 화풀이를 하겠다는 어리석은 생각은 하지 않았을 것 아니겠습니까. 내 인생은 이제 영원히 후회해도 소용없는 과오를 범했으니……. 그 순간의 분노가 내 인생 전부를 삼키고 말았단 말입니다. 난 그 분노 때문에 악마의 먹이가 되고 말았습니다. ……이제 뒤늦은 후회가 무슨 소용이 있겠습니까."

그는 통한의 눈물을 다시금 쏟아내었다.

난처하던 것은 내 쪽이었다.

눈물도 눈물이려니와 그 통한을 어떻게 위로할 방법이 있지 않던 것으로 말이다.

"흔히 사람이면 누구나 미래를 말하지만 정작 미래를 알지도 못하고 볼 수도 없지 않겠습니까. 인간의 약점은 그것인 거죠. 너무 상심하지 마십시오. 그건 미래를 앞당겨서 볼 수는 없는 인간의 약점 때문일 겁니다. 그리고 실수와 과오는 누구나 하는 것이지 않겠습니까. 그렇게 생각하면 조금이나마 마음이 편할 것입니다. 잘했다고 할 수는 없지만 그때는 또 그렇게 밖에 할 수 없었다는 것으로 자신을 위로하십시오. 끝없이 후회만 한다고 미래가 밝아지는 것도 아니지 않겠습니까. 어쩔 수 없는 일은 어쩔 수 없던 것으로 생각하고 미뤄두는 지혜도 필요하거든요. 그러니 너무 괴로워하지 마십시오."

"그런 말씀은 정말 고맙습니다. 잊지 않겠습니다."

"후회는 나 역시 통한의 과오가 없지 않거든요."

"형씨도 뭐 그런 과오가 있으신가요?"

"인간으로서 과오 없는 삶이 어디 있겠습니까? ……그래서 말한다면 난들 뭐 잘나서 한 것도 아니지만……. 삶이라는 것, 닉닉한 권태와 탄력을 잃은 무기력함이며 그날이 그날이라는 타성으로, 그 반복되는 일상의 진부함에서 탈출하겠다는 시도가 당초 이 사막으로 여행하게 된 이유였다고 할까요…….

따지고 보면 인간이란 헉헉거리며 사느라 삶이라는 것에 모든 것을 먹혀버린 거나 다름 없다는 것, 그것에 반기를 들고자 했던……. 그랬는데 그게 전부 헛된 망상이었다는 거죠. 삶이란 괴로움이고 고통이고 아픔이지만 그러나 낙원으로 가는 길은 지옥에서 시작된다는 말처럼 말입니다. 그러한 고통과 괴로움은 살아가는 촉진제로써 인간의 원초적 동력이기도 하다는 것 말입니다. 그걸 몰랐던 거죠. 내 인간의 과오도 결코 그것만은 아닌 겁니다만……."

거추장스럽다고 생각했던 삶이 남의 삶을 엿볼 수 있는 기회며 그것으로 인해 조금이나마 보듬어 주게 되었다는 것은 그렇게 가치 없는 일은 아니라는 생각이었다.

"형씨도 동의하나요? 진즉에 이 사막으로 왔더랬으면 하는 생각 말입니다. 그런 것은 과오라 할 수도 없지 않겠습니까. 형씨는 결국 훌륭한 분이라는 것입니다. 모자란 나 같은 사람의 생각이지만."

불길 탓인지 그 말에 나는 얼굴이 뜨거웠다.

그러고 보면 새로운 일은 아니지만 인간은 결코 영원한 존재도 아니었다. 어디까지나 인간은 인간일 뿐이었다. 그렇다면 인간됨을 결코 탓할 수는 없는 일이지 않겠는가. 그렇다면 인간을 사랑해야 하지 않을까.

어느 날 없이 치열하게 벌이는 것이 삶과의 전쟁이라고 하던 때가 지난날이었다. 그러면서 그 전쟁에서 전과를 거둘 수 없다는 것으로 삶을 겨누어 비난하고 공격했던 것이다.

삶으로부터 획득해야할 전과는 무엇이었던가.

나는 이날 껏 비난해 왔던 삶에 대해 고백해야 할 것 같았다. 그것이 이제야 헛되고 허망한 짓이었다는 것을 알게 되었으니 말이다.

그때쯤 남자는 쓸쓸한 웃음 속에 자신을 몰아가던 것이었다.

"형씨. 난 인생을 실패한 것은 아니겠소? 그걸 생각하니 눈물이 나려 하는군요."

"그렇다고 인생을 실패했다고 할 수는 없지 않겠어요. 자신을 너무 학대하지 말아요. 남들이 사는 것을 조금만 엿보는 때면 자신을 이해하게 될 거요. 세상에서 나만 불행한 건 아니라는 걸 알 테니 말이요. 자신을 너무 상처 나게 하는 건 자해 행위일 뿐일 거요."

그런 내 말이 얼마나 위로가 될지는 알 수 없지만 내가 해 줄 수 있는 것이라고는 달리 없기도 했다.

"이따위 짓 한 인간이 세상에 또 있겠소? 그래서 누가 용서하고 누가 보려고나 하겠어요?"

"세상에 과오 없는 사람이 어디 있겠습니까. 그렇게 말하는 때면 나 역시 실패하고 과오가 없지 않은 인간일지 모르거든요."

"형씨는 무엇을 하셨던가요?"

"나야 뭐……, 이제껏 언론사의 신문 기자를 한답시고 덤벙거렸던 게 전부지요. 그런 세월을 십육 년을 살았으니 말이요."

"어이쿠. 우리하고는 다르군요. 신문 기자라면 예사 직업이 아니지 않겠어요?"

"예사 직업이 아닐 게 뭐 있어요. 똑같은 사람으로 먹고 사는 직업일 뿐인데. 하지만 이번에 여행을 오면서 사표를 내었지요. 그래서 이제는 기자도 아니라오."

내 말에 남자가 찔끔해 하는 눈치였다.

"왜요? 무슨 잘못한 사정이라도 있었던가요?"

"아뇨. 그런 것은 없었지만 내 자신에게 정직하지 못했다는 자책감 때문이었다고 할까요."

"자책감이라뇨?"

"그러니까, 깃발처럼 치켜들고 표방하지는 않았지만 기자로서 행동하는 양심을 지키려 했는데 번번이 묵살 당하고 무시 당했던 것이며, 그럴 때마다 떠안게 되던 주위의 놀림이며 조롱, 그리하여 세상을 향해 내가 시도하고자 하던 것은 모두 계란으로 바위치기에 지나지 않는다는 것을 알았을 때 좌절감이란 감당할 수가 없었지요. 더욱 견딜 수 없게 하던 것이라면 나중에야 알게 된 그 놀림과 조롱이 세상의 벽이라는 것이었다는 것만으로 절망하지 않을 수 없었거든요. 그렇게 좌절하게 되었고 절망과 체념으로부터 달아나기로 하던 끝에 문득 되돌아보게 되면서 내 자신의 패잔병 같은 초라한 모습이 더 어떻게 말할 수가 없더군요. 그 초라한 자신의 모습 앞에서 나는 절망하게 되었고 결국 사표를 내게 된 겁니다. 되돌아보니 그렇더군요. 지금까지 산다고만 허덕거렸지만 뭐했냐는 것, 그러면서 산다는 것에만 급급해서 날뛴 그 나날들도 그렇지만 앞으로 이어질 나날들을 생각하면 주체할 수 없이 밀려오던 것이 아득함이었지요. 앞으로 육십 년이나, 칠십 년을 그렇게 산다는 것은 형벌도 그런 형벌이 어디 있겠습니까. 생각하면……, 결국 삶을 이어갈 자신감을 잃게 되었고 더 허둥댈 기력마저 잃어버렸던 거죠. 어느 날 없이 반복되는 다람쥐 쳇바퀴 같은 빤한 생활이며 그로해서 닉닉한 권태감, 체념한다고 될 일도 아니더군요. 그리고 무덤덤한 활력, 내일은 좀 다른 날일까 하지만 그런 기대는 번번이 배신만 당하고……. 살았다고 해서 뭐가 보이던 것도 아니고 여전히 텅빈 손으로……. 도대체 사는 게 무엇인지 모르겠더군요. 그러자 이제 그걸 이기고 이 생활이란 것을 밀고 나갈 에너지가 고갈되어 버려서……. 그 다음의 절망감과 허무감, 그러므로 나는 거기서 패배한 인간이었지요."

"그러니까, 삶에 지쳤다는 뜻이 아니겠습니까. 조금만 재충전을 하는 때면 곧 나아질 테죠. 너무 상심하지 마십시오."

이번에는 남자가 나를 위로하려 들었다.

둘만이 마주 앉은 밤이었다.

그러다 남자가 하던 소리였다.

"저런! 형씨. 울고 있군요. 휴지가…. 휴지가 어디 있더라……?"

한 번 씩 일렁이는 모닥불빛에 내 눈자위가 젖은 것처럼 보였던 모양이다.

남자는 이곳저곳을 부지런히 뒤지고 있었다.

"아, 아뇨. 우는 게 아니라 방금 모래가…, 눈에 모래가 날아 들었기 때문이오."

그러는 사이 침묵이 찾아왔다.

그 밤의 침묵은 무거운 저기압이나 다를 것이 없었다.

#〈 〉

자고 난 아침 갑작스럽게 남자가 말했다.

"어떡하죠? 먹을 게 다 되었는데."

"뭐요?"

그때의 내 말은 마치 남의 일처럼 생각하는 꼴이었다. 그만큼 나는 먹는 것에 대해 신경 쓰지 않았던 것이다.

"어떻게 조달을 하느냐구요. 무슨 방법을 강구해야 되겠는 걸요."

하루가 지나서였다.

"그래요? 식량이 떨어졌다는 말이요?"

"그렇소. 식량이……. 큰일인 걸요."

"헐……."

남자의 말에 나는 그제서야 깜짝 놀라게 되었고 그러면서 정신이 번쩍 하던 것이었다.

그러고 보니 식량이 떨어질 만도 했다. 그걸 신경 쓰지 않아 방임한 채 있었던 것이 화근이고 불찰이었던 것이다.

그때까지 나는 식량에 대해 전혀 신경 쓰지 않았다는 것을 알게 되었다. 그랬는데 급기야 식량이 떨어졌다지 않겠는가. 떨어진 식량을 두고 걱정스러운 나머지 남자는 좀 심각한 얼굴이었다.

"이 사막에서 안 먹고는 못 사는데……. 어떡한다?"

그렇다. 안 먹으면 못 사는 곳이 어디 사막뿐이랴.

사실 그동안 너무 소홀했다는 자책감이 없지 않는데 그러고 보면 조달할 방법이 있던 것도 아니었다. 좀 막연했다.

준비했던 것을 절약한다고 했지만 시일이 길어지면서 식량이 바닥을 드러내었던 것이다. 절약했더라도 휴대의 한계로 오래 갈 정도는 아니었던 것이다.

사실 며칠 전에 나는 이 문제를 두고 이제 돌아가야 하느냐 어쩌느냐 하는 문제로 혼자 결론을 내지 못했던 적이 있었다.

광활한 사막, 고립무원의 땅 황무지, 거기서 먹는 것을 강구한다는 것은 사느냐 죽느냐의 문제와 다를 것이 없었다. 절박한 그 문제는 두려움을 동반하던 하기도 했다.

그 문제 앞에서 두려움을 느끼지 않는다면 살아 있는 인간이라 할 수 없었다. 인간의 삶은 먹는 것과 직결되어 있었다. 너무 당연한 것을 당연하기 때문에 소홀했던지 모른다.

먹지 않으면 죽는다는 것, 눈 앞에서 그걸 절감하게 하던 것은 거기가 사람이 살지 않는 사막이라는 조건 때문이기도 했다.

먹지 않으면 죽을 수밖에 없는 인간이 먹을 것을 구할 수 없는 곳이 그 황무지 사막이라는 환경이었다. 물 한 방울 조차도 구할 수 없는 곳이었다.

"어쩌면 좋겠소?"

나는 남자를 향해 그렇게 되묻게 되었다.

"무슨 비상수단이 없겠소? 어떻게든 강구해야 할 것 같은 걸요."

비상수단은 없었다. 나는 생각 끝에 현재로써는 가장 가까운 곳으로 리조트를 생각하게 되었다.

"남은 길은 포기하고 우리 그만 돌아갑시다. 어떻겠소? 저번에 오다 보니 리조트가 있더군요. 우선 거기까지 철수하도록 합시다."

잃어버린 길 263

내 말에 남자는 뭔가를 조심하는 눈치였다. 그래서 남자를 안심시키기 위해 다시 이 같이 말했다.

"괜찮을 거요. 거기 몽골식 전통 게르가 썩 마음에 들더군요. 그리고 음식도 괜찮은 편이고……. 모두 깨끗하고……. 무엇보다 지하수가 풍부해서 목욕을 실컷 할 수 있던 것이 좋았다니까요. 저번에 사흘간을 묵었었거든요."

달리 방법이 없는 터라 남자도 순순히 동의했다.

"아, 그럼, 그리로 얼른 갑시다."

그때부터 나는 조급해지기 시작했다. 그래서 서두르기로 했다. 그렇지만 간단하지는 않았다. 리조트까지는 상당한 거리였다. 하지만 달리 방법이 없던 지라 배낭을 정리하게 되었다.

그러고 보니 리조트로 되돌아간다고 해도 지나 온 거리로 보아 서둘러도 이틀 내 갈 수 있을지 모를 일이었다. 좀 어정대는 때면 사흘 나흘도 걸릴 것 같았다.

텐트는 그 자리에 그냥 두기로 했다. 누구든 이용할 사람이면 사용하라는 뜻이었다.

남은 식량은 내일 아침이면 동이 날 것이었다. 지금까지 식량은 부족하지 않았기에 그것에는 다소 소홀했던 것이다.

힘의 한계로 인해서 더 확보하지 못했던 식량 문제를 마주치고 보니 생사의 기로가 거기에 있다는 걸 알게 되었다. 그러고 보니 돌이킬 수 없는 실책을 했다는 생각이 들었다. 그렇게 소홀히 할 문제가 아닌데 그렇게 되었다.

생각할수록 아찔했다. 사정이 다급하던 것이었다. 그동안 느긋하게 생각하고 모른 체하고 있었던 것이 마치 무엇에 홀렸던 것만 같았다.

이제 신속히 처리하지 않고 어정댈 수 없었다. 그래서 그걸 생각하면 강행군을 해서라도 빨리 리조트까지는 가야 하던 것이었다. 그러나 리조트까지는 아무래도 아득했다.

간단하질 않았다. 어쩌면 사흘은 걸릴지 모를 일이었다.

어떻든 그 동안은 굶어야할 지경이었다. 굶는 때면 공복을 견뎌야 했다. 먹지 않고 견디는 방법이 있던 것은 아니었다.

굶은 채 살아 견디는 법, 인간에게 그런 방법은 있지 않았다. 인간의 약점이라면 그것이었다. 먹지 않고 살아갈 수는 없었다.

먹지 않은 채 굶을 경우 그 다음 어떻게 될는지 그건 불문가지이지 않겠는가.

굶어도 괜찮을까. 살아갈 수 있을까. 의문이지 않던 것은 아니었다. 인간이 동물의 바탕이라는 것을 절감하게 되었다.

뒤늦게야 서둘러야 하는 다급함에 쫓겨 물 한방울 마시지 못하고 사막의 햇볕 아래서 땀을 흘리며 사흘이나 사흘 정도

잃어버린 길 **265**

걷는다는 것은 무리일 것 같았다. 그러나 다른 방법은 없었다. 어쩔 수 없는 사정과 맞닥뜨린 꼴이었다. 부족분 생필품에 대해 도중에 보충할 곳이 이렇게 없으리라는 생각까지 하지 못한 것은 실책이었다.

잘못될 경우 죽음과 맞서는 것이나 다름이 아닌 노릇이지 않겠는가. 그래서 그동안 식량에 대한 대책을 마련하지 못한 실책을 가슴 치고 후회한들 소용없는 노릇일 뿐이었다.

자고 난 아침 남은 것으로 끼니를 때우고 바닥에 있는 물을 나눠서 마시게 되었다.

그러고 보니 왠지 비장한 감도 없지 않았다.

출발을 했다. 우선 리조트까지 가기로 했으니 돌아가는 길이었다.

걷기 시작하면서 얼마 되지 않아 마주치게 된 것이 시장기였다. 시장기는 정직했다. 왜 또 그렇게 빨리 찾아오는지 모를 노릇이었다.

먹지 않은 복부는 공복 상태를 거부했다. 에너지 공급이 원활하지 못하면서 전신의 힘을 빠지게 했다. 시장기는 야수처럼 덤벼서 잔인하기가지 했다. 괴로울 정도가 아니었다. 무엇보다 힘을 빠지게 하던 것이었다.

점점 힘이 쇠진해 갔다. 사람이 곧 쓰러질 것 같았다.

나도 그랬지만 남자도 진이 빠진 모습이었다. 남자의 배낭에는 돈이 뭉텅이로 있었지만 쓸모가 없었다. 그 무게만 감당할 수 없게 했다. 돈의 무게에 남자는 휘청거리는 기색이 역력했다.

이 사막에서는 돈도 맥을 추지 못하다니. 맥을 추지 못하는 돈은 무용지물이었다. 무용지물인 돈은 급기야 애물단지로 전락했다.

그 상태에서 하룻밤을 자게 되었다. 아무 것도 먹지 않은 채 잠든다는 것은 죽음의 길을 가는 것이나 다름이 없었다.

다음 날도 역시 마찬가지였다. 아무 것도 먹지 못한 상태로 하루 종일 걷는다는 것은 사람을 온전히 소진 시키는 것에 다름 아니었다. 물 한 방울 마시지도 않은 채 걸을 수가 없었다. 그때의 우리 두 사람에게 그 길은 삶을 찾아가는 것이나 다름이 없었다.

각자 배낭을 메었지만 남자의 배낭은 유난히 무거워 보였다.

한나절이 지나면서 남자는 비틀거리기 시작했다.

몸에서 비축된 에너지가 고갈되어 가던가 보았다. 둘 다 진이 빠져서 흐느적거리는 꼴이었다.

나는 그를 그냥 좀 쉬게 했다. 그랬으나 오래 쉴 수는 없었다. 길은 가야했기 때문이었다.

오후가 되어갈 즈음이었다.

"아, 안……, 이제 더 못 가겠어요."

남자가 비틀거리는가 하더니 급기야 쓰러지고 말았다.

몸에서 에너지가 완전 고갈된 것 같았다.

별 것도 아닌 탄수화물 부족으로 에너지가 고갈되어 힘을 쓰지 못한다면 인간도 참으로 보잘 것 없는 존재인지 모른다.

그러나 지금은 그런 말을 하고 있을 때가 아니었다.

물과 식량은 어제 아침으로 먹은 것이 마지막이었으니 어쩔 수 없었다. 갈증은 심했다. 끝없이 시달리며 물 한 모금 마시지 못한 상태로 햇볕 아래서 걷는다는 것은 여간 무리가 아니었던 것이다.

그런 사정은 나 역시 마찬가지였다. 식량을 대해 너무 소홀했다는 자책감은 뒤늦은 것이어서 소용이 없었다. 남자가 그렇게 쉽게 기력을 잃을 줄은 몰랐다.

갈증이 심해 아무리 살폈으나 주위에 물은 보이지 않았다.

사막에는 물이 없었다. 물을 먹이면 남자가 일어날지도 모르는 일이지만 물이 없어 어떻게 할 수가 없었다.

하는 수 없이 적당한 곳을 살피던 끝에 한 곳을 파기로 했다. 아무런 도구도 없이 맨손으로는 깊이 파는 것도 가능하지 않았다. 한참을 헉헉거렸으나 그냥 모래뿐이었다.

어디에도 물은 날 생각을 하지 않았다. 리조트에서 보았던 그 많은 지하수가 없더란 말인가. 그래도 한참을 더 파 보기로 했다.

손 끝에서 피가 흐를 지경이 되었다. 괜히 시간만 낭비하고 힘만 빠지게 했던 것이다.

악전고투였다. 그러나 결과는 허무했다. 아무런 성과가 없었다. 그러던 끝에 물을 구하겠다는 생각은 포기해야 했다.

사막에는 물이 없었다. 물이 이렇게 생명과 직결된 것이라는 것을 지금까지 체득하지 못한 경험 탓이기도 했다.

그때는 더럭 두렵고 창피스러운 생각도 없지 않았던 것이다. 그러니까, 철저하게 방관자로 타인의 눈으로 지켜보자던 그 눈에 지금의 내 모습이 어떻게 비쳤을까 하던 것으로 그랬다.

나는 다급하고 위급하면서도 인간으로서 약점을 여지없이 드러낸 것 같아 얼굴이 뜨거워지는 것을 알았다. 그건 모두 그동안 병들고 방황하던 내 영혼이 안식처를 잃은 채 표류한 탓이었다는 것도 모르지 않았다.

그날은 다시 그 자리에서 자기로 했다. 공복 상태로 잠을 잔다는 것은 사태를 그냥 방치한 것에 지나지 않았다.

다음 날, 축 늘어지는 남자를 일으켜 얼마간 가게 되었다.

한낮이 되면서 남자의 몸은 물먹은 종이처럼 그 자리에 꾸겨졌다. 주저앉는다는 것이 쓰러지게 되었다.

"조금만 더 갑시다. 저기에, 물이 있을 거요. 얼마든지 마실 물이."

나는 거짓말을 해서 남자를 독려했지만 그것도 잠시일 뿐이었다.

난감했다. 그렇지만 주저앉을 수는 없었다.

일으켜서 다시 걷기로 했다. 한 나절쯤 걸었을까.

남자의 배낭은 너무 무거웠다. 누가 있어 대신 질 수도 없었다. 그렇다고 배낭을 버릴 수는 없는 일이었다. 남자가 먼저 기진하게 되었던 것은 그 배낭의 무게 때문이었던지 모를 일이었다.

남자가 또 쓰러졌다. 이제 말할 기력조차 잃은 듯 했다.

나는 혼자 힘으로 남자를 데리고 갈 자신이 없었다.

"어떻게 하면 되겠소?"

남자는 기진한 상태로 눈을 감은 채 손만 들어 흔들었다.

생각 끝에 나는 남자를 거기 둔 채 혼자 구조를 요청하러 가기로 했다.

"여기 기다리고 있어요. 내가 가서 구조대를 데려 올 때까지 말이요."

그러자 남자가 눈을 감은 채 고개를 끄떡였다.

쓰러진 남자 옆에 배낭을 두고 나는 혼자서 리조트까지 가기로 했다. 마음은 바쁘고 길은 쉽사리 줄어들지 않았다.

리조트까지 가는 길은 멀었다.

나는 혼자였다. 걷고 또 걸었다.

숨이 차고 땀이 비 오듯 했다. 서둘러 걷느라 더 그랬다. 그러나 마음일 뿐 걸음은 빠르지 않았다.

나는 한 번 쓰러졌다. 그리고 다시 일어났다.

다리가 휘청거리고 전신에서 힘이 풀렸다.

나는 다시 쓰러졌다 일어났지만 또 쓰러질 것 같았다.

이를 악물었다.

남자를 생각하면 더욱 그럴 수 없었다. 내가 가지 않으면 구조대를 부르지 못하고 남자는 죽을 수밖에 없다고 나를 환기시키게 되었다.

쓰러지면 죽는다는 생각. 둘 다 죽는다는 것.

해가 지평선에 걸려 있었다.

허덕이며 걷고 있던 그때 내 머리 속에 떠오른 수만 갈래의 생각들.

너무 복잡했다. 부모로부터 물려받은 때 내 삶은 당초 황무지였다는 것도 비로소 깨우치게 되었다. 때문에 태생적으로 인간의 삶은 황무지였던 것이다.

그리하여 삶의 이유라는 것은 고통이기도 하다는 것, 모순 같은 소리지만 이 고립무원의 땅에서 죽지 않기 위해 발버둥 치는 거기에 삶의 허위성이 벗겨지고 진실의 실체가 드러나던 것이라고 말이다.

어디에도 도움의 손길은 있지 않았다. 사람이 있지 않은 곳에는 신도 있지 않았다. 떠나 올 때 나는 그런 내 꼬락서니를 타인의 눈으로 보고자 하지 않았는가. 혹시 모를 일로 죽을 수 있다는 사실, 거기까지는 생각하지 않았던 것이다.

그제야 나는 자신을 상대로 속이거나 사기 쳤던 것은 아닌가 하는 생각마저 하게 되었다.

나는 나를 향해 소리치고 싶었다.

이제 보았느냐고 묻고 싶었다.

산다는 것의 의미, 삶의 이유란 곧 삶이라는 사실 그 자체라는 말. 이 상태에서 내가 할 수 있는 임기응변의 대응, 이것이 인간으로서 최후의 행동일 수도 있다는 것.

산다는 것의 의미가 곧 인생의 의미라는 것. 그리하여 삶이란 있는 그대로 살아가는 것이라는 진리. 인간이 무엇인가 하던 것이나 무엇이 인간인가 하던 것이나, 분실물처럼 모래판 사막에 떨어져 있던 것도 아니었다. 그래서 내가 의도했던 대로 습득할 수는 없었다.

　나는 내가 실패했다는 것을 알게 되었다. 내재한 인간의 인내와 인고를 경험하겠다던 내 의지도 실패한 것이었다. 그러고 보면 나는 인생 모든 것에 실패한 것이었다.

　그렇다. 나는 실패했다. 실패한 인간이었다.

　그렇다면 이제 나는 돌아가야 하리라고 생각했다. 그렇지만 나는 아직 내가 만나고자 하던 나를 만나지 못했던 것이다. 만나는 때면 손잡고 집으로 돌아갈 텐데 말이다.

　내가 집으로 돌아 가야할 길은 너무 멀었다.

　급기야 어둠이 깔리기 시작했다.

　그건 착각이었다. 아직 지평선에 걸린 해가 그런 나를 물끄러미 지켜보고 있었지만 어두워진다고 착각까지 하게 되었던 것이다.

　당황한 나머지 나는 정신이 혼미해졌다.

　나는 뭔가 다급해졌다. 서둘러야 할 것 같은 초조함으로 떨고 있었다. 어쩌면 그 어둠은 죽음의 다른 이름은 아닐런지 모를 일이었다. 덜컥 몰려오는 위기감. 거기에 꼬리를 물고 달라붙는 공포심.

　나는 다시금 이를 악물게 되었다. 몸이 휘청거렸다. 나는 쓰러지고 말았다. 쓰러지면 안 되는데 쓰러졌다.

이를 악물던 끝에 겨우 다시 일어났다. 서너 길음 옮겨놓다 또 쓰러지고 말았다. 다리의 힘이 풀려 휘청거리던 것으로 그랬다. 더 걸을 수가 없었다. 이제 일어서는 것조차 힘들었다.

일어서다 또 쓰러지고 말았다. 이래서는 안 되는데 했으나 기력의 한계에는 어쩔 수가 없었다.

아, 이러다 죽는구나.

나는 일어서지는 못해도 기어서라도 가야 한다고 자신을 다그치기도 했다. 다시금 이를 악물었다. 기어서 가기로 했다.

모래 위를 기어간다는 것은 쉬운 일이 아니었다. 걷기보다 훨씬 더 어렵고 더뎠다. 이를 악물고 힘을 다했지만 진도가 나지를 않았다. 그러나 죽지 않으려면 그렇게라도 가야 했다.

핑계는 남자가 죽을지 모른다는 것이었다. 그것은 지금의 나 자신의 한계 상황이기도 했다.

나는 한계를 인정할 수 없었다. 한계에 굴복해서도 안 되었다. 어떻게 해서든 가야 했다. 가지 않으면 안 되었다.

엉금엉금 기어가고 있는 내 꼴, 인생도 삶도 여행은 아니었다. 눈물겨운 고행의 그 무엇이라고 이름하고 싶었다.

죽는다는 생각은 나를 그때 그렇게 절박하게 몰아가던 것이었다. 그래서 죽지 않으려면 기어서라도 가야한다고 했다.

그것이 내 인간에 부과된 절체절명의 운명이기도 하다고 부르짖게 되었다.

기어서 가다 보니 이건 인간이 아니지 않는가, 하는 생각이 들었다. 인간은 네 발이 아니고 두 발이었다. 그리고 직립했다. 인간과 짐승의 차이는 그것이었다.

네 발로 땅바닥을 긴다는 것은 단순하게 말해서 짐승이라는 뜻이었다.

이 뿐이랴. 두 발을 두고 네 발로 간다는 것은 인간이기를 포기한 것이지 않겠는가 하는 생각. 인간을 포기하고 짐승일 수는 없었다.

그러자 이번엔 인간이 무엇인가, 하는 생각이 들었다. 네 발로 기어가는 것은 인간이 아니며 인간이 아니라면 그것은 짐승이지 않겠는가. 인간은 직립해서 두 발로 걸어야만 인간이었다. 그렇다. 직립하는 것만으로 인간이었다. 그렇더라도 그것만으로 인간이라 할 수 있을까. 인간은 왜 인간인가. 무엇이 인간인가. 인간의 요소 가운데는 불안이라는 것도 있었다. 인간은 불안했다. 불안하다는 것은 자신의 존재를 안다는 것이지 않겠는가.

그럴까. 그렇지만 어떤 말로도, 또 뭐라고 해도 규명되지 않는 것이 그 불안이지 않겠는가. 불안을 무시하거나 제외

한다면 그건 모두 용훼에 지나지 않는 것이었다. 그러고 보면 인간이란 규명되지 않는 어떤 존재라는 사실이었다. 규명되지 않은 것이 아니라 규명할 수 없는 어떤 것이라 할 수밖에 없었다.

인간은 불가사의하고 불가해한 존재라는 범주에서 해방될 수 없었다.

결국 정답이 없는 어떤 존재, 그것이 인간이라 할 수밖에 없다면, 그렇다. 범용한 보통의 두뇌로써는 인간의 정답을 구명할 수 없다는 것. 인간이란 그냥 어떤 무엇일 뿐이었다. 그래서 그냥 인간이라 하던 것이라고 할까. 인간이 내재한 신비함은 그렇게 쌓여갔다. 신비한 존재로만 모든 것이 가능할까. 그렇다고 할 수도 없었다. 인간은 그렇게 알 수 없는 존재였다. 알 수 없는 무엇이기만 했다. 그것이 인간이란 존재였다.

지금까지 생각해온 삶에 대한 내 생각이 허위의 옷이 벗겨지는 순간일런지 모를 노릇이었다. 그러면서 나는 무언가를 몽땅 압류당하는 기분이기까지 했다. 역시 인간은 인간일 뿐이었다.

나는 쓰러진 채 악물은 이 사이로 숨을 몰아쉬고 있었지만 그것마저 끊어질 것 같았다. 그렇지만 가야 했다.

기어서, 기어서 가야 했다.

가도 가도……, 또 가야 했다.

갈증은 숨이 막히게 했다. 침이 말라 붙어 숨을 쉴 수가 없었다.

숨이 헉헉거렸다.

어디선가 눈물이 났다.

목은 타는 데도 눈물은 흘렀다.

그 정체불명의 눈물. 그랬으나 눈물 때문에 울던 것은 아니었다. 왜 우는지는 나도 알지 못했다. 그냥 울고 있었다.

나는 울면서 기어가야 했다. 눈물이 기쁨과 슬픔 사이의 단순한 부산물이 아니던 것은 이때야 알게 되었다. 그 눈물은 분명 언어 이상의 무엇이던 것으로 말이다.

그때 저기에서 사람이 오는 게 보였다.

이 사막에 사람이라니, 착시가 아닐까. 믿어지질 않았다. 믿어지지 않았기에 믿을 수 없었다.

사람이라면 반가울 텐데 말이다. 말할 수 없이 반가운 것이 이때의 사람이지 않겠는가. 그렇지만 사람일 리가 없었다. 사람일 리가 없다면 이건 분명 착시 현상일지 모르지 않겠는가. 사람이 아니라면 신기루일까. 신기루란 때로는 사람을 홀리던 것이라고 했다.

눈을 떠서 다시 보아도 여전히 사람이었다. 걸어오고 있었다.

이상했다. 어떻게 보아도 물체는 역시 사람으로만 보였다. 해괴한 노릇이었다. 홀린 것이 분명했다. 아니면 정말 착시현상이던지 모를 일이었다.

무엇 때문인지 더럭 두려워졌다. 사람인 것 같은데 사람이 아닌지도 모르던 것이라 그랬다.

신기루를 털고 나온 혼령은 아닐까, 이 사막 가운데서 혼령이 나타날 리가 있을까.

그런데 사그락거리며 모래 밟는 소리까지 분명했다.

사람이라면 그랬다. 이 세상에 많고 많은 게 사람이지만 그 가운데서 단 한 사람, 에밀이었으면 좋을 것 같았다. 어째선지 그때 나는 이 세상 누구에게 보다 울고 있는 이때의 내 모습을 그녀에게 보여주고 싶었던 것이다. 내가 본 바로 그녀에게서는 모성애의 어떤 것을 느낄 수 있던 것으로 그랬던지 모른다.

그리하여 에밀이 달려와 이렇게 외쳤으면 그런 환희가 또 어디 있을까.

"악!!" 하고. 부르짖은 다음,

"왜, 왜 이러고 있는 거예요?"

그랬다면 이 세상 무엇보다 큰 기쁨이 아닐 수 없지 않겠는가.

그때 내 입에서 발화된 소리.

"어? 당, 당신은…?"

"나예요. 에밀, 에밀이란 말예요!"

"당, 당신이, 당신이 어떻게…?"

믿을 수가 없는 비현실이라 하더라도 이건 하늘의 구원이 아니겠는가.

"온다고 약속했었잖아요."

"오, 에밀…!"

"당신, 당신 때문에 돌아왔다고요! 당신 때문에 돌아왔단 말예요. 으흐흑흑……."

그러면서 에밀이 나를 와락 끌어안은 채 흐느낀다면. 나는 거기서 비로소 새로운 세상을 다시 만나는 것이나 다르지 않을 것이었다.

그랬는데 발자국 소리를 앞세우고 거기까지 다가 온 사람은 내가 바랐던 에밀이 아니었다. 웬 사내였다.

나를 발견한 사내는 되레 허겁지겁 해서 물에 빠진 소리를 하던 것이었다. 마치 아는 사람을 발견한 것 같았다.

"거기, 거기 뭐 하는 거요?"

사막을 기어서 가고 있는 내 꼴이 어떻게 믿어지지 않았나 보다. 그때 나는 사내한테 이런 내 꼴을 들킨 것 같아 수치심을 감출 수가 없었다. 부끄럽기도 했다. 그래서 얼른 둘러대서 한다는 소리가 그랬던 것이다.

"길을…, 길을 찾느라고요. 길을 잃어 버렸단 말이요."

나는 거짓말을 하게 되었다. 그 거짓말은 결코 낯선 이 사내를 향해 한 것이 아니라는 걸 모르지 않았던 것이다. 그 거짓말은 내 자신한테 하는 것이기도 했다.

상대가 누구이던 진정한 말을 한다면 꿈을 찾고 있었던 것이라고 해야 옳았을 것이었다. 그렇지만 나는 그 말을 하지 않았던 것이다. 꿈이 있었다면 내 꿈은 무엇이었는가 하는 것에 나는 답을 준비하지 못했기 때문이었다. 결국 꿈이 박제된 인간이 나라는 사실을 알게 되면서 그 같은 거짓말까지 하게 되었던 것이다.

무엇 때문인지 사내가 버럭 해서 소리를 내질렀다.

"뭐요? 길이 뭐 땅바닥에 떨어진 무슨 물건인 줄 아슈? 에잇, 사람 참. 찾을 걸 찾아야지. 원. 길이란 본래 찾는 게 아니라 만들어 가는 것이라 하지 않았겠소."

그러고 보면 지금껏 나는 이 사막에서 없는 길을 찾아 그렇게 걸어오지 않았겠는가. 이 사내가 그 사실을 환기 시켜

주던 것이었다.
 사내가 손을 내밀어 나를 잡아 일으켜주었다. 그러면서 하는 말이었다.
 "어쩌다 길을 잃게 되었소? 어디로 가는 길이었소?"
 어디로 가는 길이라니. 이 사내가 무엇을 알고 하던 것일까. 그래서 어떤 길이든 무슨 상관이냐고 하고 싶었지만 방금 손을 잡아 나를 일으켜 주던 것을 생각하면 금시 박정하게 그럴 수는 없었다. 그랬지만 나는 한 번 얼버무렸던 말이라 다시금 그렇게 얼버무리기로 했다.
 "집으로 가는 길이었소. 집으로 가는 길을 잃어버렸단 말이요."
 "호오…, 그런데 아무 장비도 없이 맨 몸이지 않겠소? 혼자서 이 사막을 그런 맨 몸으로 위험하지 않았단 말이요?"
 "우리는 조난을 당했지요. 그래서 구조대를 부르러 가는 거지요."
 그때는 사내도 당황해 하는 기색이 역력했다.
 "조난을 당했다고요? 그런데 조난이라면…? 일행은 몇 명이나 되어요?"
 "둘이요. 한 사람은 저기에 쓰러져 있어요."
 그러면서 사내는 얼른 자신의 배낭에서 물 한 병과 커다란

잃어버린 길 281

식빵 덩이에서 한 쪽을 쭉 떼어서 내밀었다.

"이거 먹겠소?"

나는 물병을 받아 벌컥벌컥 들이 킨 다음 빵 조각까지 한 입 베어 물게 되었다. 입안으로 들어 간 빵 조각은 금시 줄달음질을 쳤다. 빵을 세 번째 베어 물었을 때 내 이마에서는 땀이 비 오듯이 흘러 내렸다. 그걸 본 사내가 놀라서 하는 말이었다.

"며칠간이나 먹질 못했나 보군요."

"그렇소. 이틀간이나…."

"쓰러진 사람도 먹질 못했단 말인가요?"

"그렇지요. 같이…, 일행으로……,"

사내는 나를 지켜보고 있었다.

"쯧. 이 사막을 어떻게 여행하게 되었던 거요?"

그 말에 나는 나를 무너뜨리는 소리를 하지 않을 수 없었다. 또 한 번 부끄러웠지만 실토하게 되었다.

그때는 나 역시 한숨을 돌린 다음이었다. 나는 금방 생기가 살아났다.

"나는 처음부터 이 고립무원의 땅 불모지 사막에다 나를 던져놓고 방관자가 되어 보기로 했지요. 어떤 위기가 닥쳤을 때 얼마나 현명하게 대처하는가를 보자고 하는, 철저하게 타인의 눈으로 한 번 지켜보자 하던 것이었는데……. 그것으로 늘 허전하던 삶에 대한 공허감을 치유하고자 했던 거라고 할까."

"호오! 저런. 쯧. 인간을 시험하겠다는 뜻이었던가 보군요?"

"그런 셈이기도 하지요. 그런데 나는 이제야 나란 인간이 형편없다는 걸 알게 되었지 뭡니까. 이건 남부끄러운 소리지만 말입니다. 그러니까, 생각지 못한 사태 앞에서 당당하질 못하고 그만 어쩔 줄을 몰라 하며 쩔쩔대는 짓이 평소의 나답지 않더란 말이지요. 나는 내가 그런 인간인 줄은 몰랐습니다. 그래서 그런 내 모습에 솔직히 실망하지 않을 수 없었습니다. 설혹 익숙하지 않은 사태라 하더라도 허둥대며 당황해서 어쩔 줄을 몰라 하는 그 모습, 그런 모습으로 세상을 살았다니. 기가 막혀서……. 내가 봐도 실망스럽기 그지없었지요. 그러다 나는 그동안 근거 없는 자신감에 취해 나를 너무 과신했던 잘못을 저지르게 되었다는 것을 알게 되었으며 그리하여 시건방을 떨었던 것하며 거들먹거리기까지 했으니 말입니다. 그런 내 모습은 사실 위선으로 가득한 내 삶의 허위에서 비롯된 것이 아니고 무엇이겠느냐는 생각도 하면서 그동안 삶이 무엇인지 알지 못했던 어리석은 백치(白痴) 같았

잃어버린 길 283

던 나 자신이 무엇이었더란 말인가 하는 자책감……. 인간의 정체성에 대해 이러쿵저러쿵하며 뭔가를 찾고자 했던 것까지 전부 부질없이 자행된 오류였다는 것이죠. 그리하여 그 과오들을 깨우치게 되면서 지금까지 나를 괴롭혀 오던 그 감당할 수 없는 삶의 허무도 조금은 이해할 수 있게 되었다고 할까요. 그래서 하는 말이라면 삶은 결국 삶을 통해 극복되어야 한다는 소중한 이치도 깨닫게 되었지요."

사내가 그만 껄껄껄 웃던 다음이었다.

"에잇…, 말은 모두 옳은 말씀입니다만……. 그러나 그건 우리 사춘기 때 곧잘 하는 소리지 않겠소. 철들기 전 사춘기 때는 누구나 하는 소리로. 그런데 아마 사춘기가 늦게 왔나 보죠?"

사내의 말은 나를 그렇게 영 형편없게 만들었다. 그러다 내 표정이 어땠던지 상황 판단이 빠른 사내가 얼른 돌려서 다시금 하던 말이었다.

"쯧. 무엇으로도 규명할 수 없고 또 불가해한 존재가 인간이라 하지 않았겠소. 그래서 이 우주에서 가장 위대하고 또 고귀한 것이 인간이라고 하는. 우리는 그런 인간으로 살고 있단 말이지요. 얼마나 자랑스럽습니까. 그래서 하는 말이라면 오늘의 우리들 삶을 축복받은 선물로 생각하고 우리들은 열심히 살아야 한다 그겁니다. 어떻든 삶은 도전이고 인생은 시련이지 않겠소."

나는 이마의 땀을 닦았다.

"그나저나 쓰러져 있다는 그 사람이 어떻게 되었는지 가 봐야 하지 않겠소?"

그 말에 나는 정신이 번쩍 했다.

"같이 가겠다는 말인가요?"

"당연하죠. 우리는 사람이지 않겠소. 사람이 어떻게 사람을 모른다 하겠소."

그 말 한마디로 나는 사내와 함께 왔던 길을 되돌아가기로 했다.

하루를 다한 해는 그때 지평선 저 끝에 걸려 있었다.

모래 위의 글씨 같은 내 헛된 망상도 그렇게 지워지고 말았다.

#〈 〉

이제 이 사막에서 내가 해야 할 일이라면 나를 찾는 것이었다.

거기에는 내가 돌아가야 할 변명이 준비되어 있을지도 모르던 것으로 말이다.

윤진상 장편소설

충만한 허기

인쇄 2024년 4월 15일
발행 2024년 4월 20일

지은이 윤진상
발행인 서정환
펴낸곳 신아출판사
주소 서울특별시 종로구 삼일대로 30길 21. 종로오피스텔 809호
전화 (02) 747-5874, (063) 275-4000, (063) 251-3885
팩스 (063) 274-3131
이메일 essay321@hanmail.net   sina321@hanmail.net
출판등록 제300-2013-133호
인쇄 · 제본 신아문예사

저작권자 ⓒ 2024, 윤진상
이 책의 저작권은 저자에게 있습니다. 서면에 의한 저자의 허락없이 내용의 일부를 인용하거나 발췌하는 것을 금합니다.
저자와 협의, 인지는 생략합니다.
잘못된 책은 바꿔 드립니다.

ISBN 979-11-93654-75-0   03810

값 13,500원

Printed in KOREA